KB176357

가을과 문지방

가을과 문지방

도서출판 책마루

「가을과 문지방」을 펴내면서

가르침, 곧 사람됨의 교육은 시대와 환경에 따라 방법은 달랐지만 교육 그 자체가 정의하는 바대로 바람직한 인간으로 만드는 것을 목적으로 해 지속적으로 이뤄졌습니다.

만 13년 전, 이 세상에 태어나 할아버지의 팔뚝에 얹혀야만 편안히 잠이 들곤 했다는 말과 4살도 되기 전 400m육상트랙을 무려 네 바퀴나 내 달렸다는, 예술적 표현으로 일기예보를 했다는 할아버지, 할머니의 이야기가 사실인지는 모르겠으나 사춘기를 맞은 지금의 내 모습에서, 나를 기억하는 많은 어른들이 이야기하는 것을 들으면서 가히 그랬을 수도 있겠다, 라는 생각을 해봅니다.

9년째 수련하는 운동 태권도와 초등학교 1학년 입학 이후 6학년인 지금까지 배우고 있는 드럼, 1인 1종목으로 개발 새발 차기만 했던 축구도 할아버지의 도움으로 학교에 방과 후 축구반을 만들어 나름 체계적인 지도를 받았고, 토요휴업일이 운영되면서 체력향상과 휴일을 알뜰히 지내고자 토요축구로 갈아타고 지금까지 이어지고 있습니다.

초등학교 입학을 하고 두해 째 되는 봄, 제가 다니는 계남초등학교(당시 학교장 이순옥 님)에는 특성화 모자 문예교실이 문을 열었습니다. 좋은 기회라 여기며 할머니와 함께 한 번의 결석도 없이 엑기스만 쏙쏙 뽑아내듯 글쓰기에 대해 아낌없이 지도해 주신 황연옥 선생님의 강의를 들었으며, 초등학교 1학년 때부터 익힌 국어(듣기, 말하기, 쓰기), 읽기를 배우며 내 마음속에 담겨있는 감성을 표현해 보려고 여러 대회에 출전하였으며, 「장원」,「최우수」등 많은 상을 수상하기도 했습니다.

처음 배움을 시작한 곳은 엄마의 극성으로 시작한 하바스쿨이었으며 두 번째는 할머니를 졸라 문화센터 마술교실 문을 들어섰습니다. 이러한 배움과 교육을 통해 알게 된 이유로 5살 때의 꿈은 멋진 마술사, 패기 넘치는 태권도 사범이었으며, 유치원 3년을 거치면서 작은 물고기는 큰 바다로 나아가게 되었습니다.

여러 단계의 배움 이후 초등학교 입학을 하였으며, 1학년 때 담임선생님의 가르침으로 신분과 직업을 배우며 검찰권을 행사하는 검사(檢事)라는 직업에 관심을 갖게 되었고 장래의 꿈, 나의 목표는 '검사' 로 정해졌습니다. 이유는 바른 사회를 위해 정의로운 사람이 되어야 한다는 것이었습니다.

할아버지, 할머니는 나의 목표를 향한 동기부여를 이유로 무던히도 각급 기관, 국가정보원, 육군사관학교, 군부대 안보견학, 국립현충원, 전쟁기념관, 6·25전적지, 유적지 등 수많은 흔적들을 찾으며 소중한 우리 조상들의 뼈와 살이며 뿌리이고 우리가 서있는 땅 자체임을 알게 하였고 5학년 학교생활기록부 진로희망사항에 적은 미래의 나의 직업 '검사' 라는 고정관념의 틀을 벗어나 '생각의 폭을 넓히고 국가우선' 이라는 다짐을 깨치게 하려 체험학습을 함께 하였습니다.

내가 꿈꾸던 목표의 정상에 있던 분의 '있어서도 안되고 있을 수도 없는 일탈행위' 교육지도자의 비교육적 작태, 부정이 정의로 둔갑하는 모순된 사회상으로 인해 어느 순간 내 목표는 3번을 견학하며 50개의 이름 없는 별을 향해 묵념을 하면서 '자유와 진리를 향한 무명의 헌신' 이라는 원훈을 가슴에 새긴 국가정보원 '최고 역량의 요원' 이 되겠다고 6학년 학교생활기록부 진로희망사항에 적기도 했으며, 3번의 육군사관학교 방문에서는 월남파병 훈련 중, 한 병사가 실수로 떨어뜨린 수류탄에 자신의 몸을 던져 수많은 부하들의 생명을 구하고 장렬히 사망한 살신성인의 표상으로, 고(故)강재구 소령 동상에 추모하는 생도퍼레이드 대열을 보고 모든 군인의 추앙을 받는 훌륭한 군인이 되기를 희망하기도 하며, 군의 사기와 정의를 위해 하버드로스쿨을 거쳐

군 법무관이 되기로 작정하기도 하였습니다.

새우잠을 자도 고래 꿈을 꾸고, 생생하게 꿈꾸면 무엇이든 이룰 수 있다는 작가 이지성님의 실·현·멘·토·링과,

'아이를 낳으면 전문가에게 맡겨라' 등의 발상은 위험한 것이며 개인주의 팽배나 뿌리교육 부재는 밥상머리 교육에서 찾아야 한다는 할머니 말씀,

자기주도적인 생활습관과 바른 인성의 중요성을 인식하고, 자기한테는 철저하고 타인에게는 관대한 성품의 풍모를 갖춘 '미래의 리더자'가 될 소양을 갖추라, 며 세상이 원하는 "스펙"이 아닌 '너만의 '꿈' 을 향해 달려라는 할아버지의 주문은 '나에게 힘이 되어준 한마디'이었습니다.

그렇지만 무엇보다 큰 가르침은 책 이었습니다. 많은 책속에서 삼매경에 빠지기도 하였으며, 달콤한 활자에 사로잡히기도 하면서 상상으로 소통하는 즐거움도 있었고, 소통의 첫걸음은 '상대방의 신발을 신고 상대방의 입장에서 세상을 바라볼 수 있는 능력으로부터 시작한다'는 것을, 그다음 서로의 다름을 인정하고 함께 윈_윈(win_win) 할 수 있는 끊임없는 과정을 의미한다는 것은 책을 통해 공감하게 되었습니다.

이제 6년여 정들었던, 다시 돌아올 수 없는 초등학교를 떠납니다, 어린이의 입장에서 세상을 바라보는 지혜와 다양한 시선을 '가을과 문지방' 이라는 책을 펴내며 여러 사람과 함께 접목시켜 나가려고 합니다.

'가르친다는 것과 배운다는 것은 서로 도와서 커지는 것이다, 가르치는 것이 곧 배우는 것이 되고 배우는 것이 곧 가르치는 것이 된다." -예기-

2015년 겨울

김도헌

제 2문집 출간을 축하하면서

먼저 도헌 학생의 두 번째 문집 출간을 진심으로 축하한다.

문학은 어떤 의미에서 진선미를 추구하는 학문이라고 할 수 있다. 그런 의미에서 한 사람의 품성을 기르는데 다른 무엇보다 필요한 장르다. 특히 어린 시절의 독서 습관과 글을 쓰는 훈련은 인격 형성에 많은 영향을 끼친다. 그것은 자기가 추구하는 일에 대한 동기를 부여해 주기도 한다.

이번에 출간하는 문집을 찬찬히 읽어보면서 순수가 무엇인지 다시 한 번 묻게 된 것 같다. 동심의 눈으로 바라 본 세상은 순진무구하고 아름답다. 그래서 인지 몰라도 가끔 어른들을 부끄럽게 하기도 한다. 그래서 옛 성현은 어린 아이에게도 배울 점이 있다고 말하지 않았을까 생각해 본다.

그런 의미에서 도헌 학생은 초등학교 저학년 때부터 꾸준한 독서와 글짓기를 통해서 누구도 범접할 수 없는 자기만의 세계를 구축했다고 볼 수 있다. 그렇기 때문에 사유의 깊이가 글로 표출되어 나타날 때마다 수많은 백일장과 글짓기 공모에서 우수한 성적으로 입상하는 토양이 마련되지 않았을까 생각한다. 도헌 학생은 앞으로 검사가 되고 싶다고 했다. 이 문집에 실린 글들처럼 아름답고 고운 심성으로 훌륭한 법조인이 되어 이 나라와 민족을 위해서는 없어서 안 될 귀중한 인재로 성장해 나가기를 기원해 본다.

2015년 겨울, 부천 예총 부회장, 시인 **박영봉**

차례

제 2부 <시> 꼬물꼬물 애벌레 외 52편

제3부 <시조> 민들레 외 23편

제 4부 체험학습 보고서 및 자기주도적학습 보고서 등

제 5부 김도헌_단편창작동화

제 6부 할머니, 할아버지 글

제1부

수상작품 모음-강아지 외 18편

강아지

나는
할머니 눈 속에 담겨있는
희망의 강아지
눈 속에 넣어도
아프지 않데요.

나는
할머니 가슴속에 품어있는
꿈 많은 강아지
할머니 품속 밝은 빛 받아

할머니 강아지 꿈
이룰 거예요.

※제 15회 수주청소년<시>백일장. 초등저학년 부 /「장원」
-(상격 - 한국문인협회부천지부장)

할아버지

거울 앞에선 할아버지 뒷모습을
우연히 바라보니 애써
청춘인 척 하신다
"난 서른여섯 살이야"
내 모자 삐뚤 쓰고

내가 있어 행복해 하시고
모범생으로 거듭날 때마다
"내 손자 짱 이야"
군대 막춤 흔들어 대신다.
엉덩이 반쯤 빼고

우리 김 검사 검찰총장 될 때까지
체력은 끄떡없다.
"난 백 쉰 살까지 살 거니니까"
늘 읊으시는 나의 버팀목
청년 같은 할아버지

※제 27회 복사골학생백일장. 초등저학년 부(운문) / 「장원」
- (상격 - 경기도부천교육지원청교육장)

책가방

이 책인가, 저 책인가
수업시간 종 쳤는데...

야, 책가방아!
내 국어책 꺼내줘 봐,
아뿔사!
책가방이 삐쳐서 내 국어책 숨겼네.

미안해 책가방아 새로운 책 사줄게.
깨끗한 책 보고 화를 좀 풀어주렴!
싫은가 보구나.
그럼 새로운 여친 책가방 사줄게.

※2011 계남초등학교 제 1회 모자 백일장. 저학년 부 / 「장원」
- (상격 - 계남초등학교장)

강아지 Ⅱ

강아지
내 강아지,
우리 똥강아지
내 볼에 할머니는 쪽쪽 뽀뽀를 하신다.

할머니 넓은 마음만큼
나를 향한 사랑도 커
울컥 울컥 감동의 눈물도 흘리신다.

할머니 마음 속 깊이 품은
희망의 강아지는
날마다 날마다
꿈의 날개를 달고
거대한 미래로 나아갑니다.

※제 16회 수주청소년<시>백일장. 초등저학년 부 /「장원」
- (상격 - 한국예총 부천지회장)

복숭아

늦은 여름 날,
감곡면 할머니 고향에 간다.
주천리 개천 앞에
양 팔 길게 벌린 가지가지마다
황도가 주렁주렁 달려 있다.
와!
너무 예쁜 황금 보석 알 같다.

뚝!
한 알 따서 흐르는 개울물에 씻어
할머니 손톱으로 껍질을 벗겨
속살 드러낸 복숭아
내게 주시니
한 입문 입안에 과즙이 한 가득
아!
마법에 걸린 듯하다.

※제 28회 복사골학생백일장 초등고학년 부 / 「장원」
- (상격 - 경기도부천교육지원청교육장)

코스모스

왕 할머니 뵈러 성묘 가는 길
시골길 양옆에 나란히
은은한 파스텔 색깔 내어 핀
코스모스가 한들한들
손짓하며 나를 부른다.

가을 볕 반사된
연하늘색 넓은 도화지에
가득 채워 그려놓은 코스모스는
왕 할머니가 나를 반겨
그려 놓은 것 같다.

생전의 왕 할머니
고운 모습을 닮은
코스모스 한 아름 꺾어
집으로 가져가고 싶다.

※제 17회 수주청소년<시>백일장 초등고학년 부 /「장원」
- (상격 - 한국예총 부천지회장)

복사골

성주산 자락
옛 소사는 복사골 이었으니
화사한 5월의 분홍색
그림을 그려봅니다.
“눈을 지그시 감고서”

살랑살랑 불어오는
복사꽃 꽃바람은
내 머리카락을 흔듭니다.
“볼에 간지럼을 태우며”

할머니와 산사 가는 길에는
복사꽃향기 코끝에 다가와
나의 마음을 설레게 합니다.
“동화 속 꿈을 꾸는 것처럼...”

사람과 문화가 어우러진
꿈이 있는 복사골에서
희망의 나래를 폅니다.

※제 29회 복사골학생백일장 초등고학년 부 / 「차상」
- (상격 - 한국예총 부천지회장)

새

이른 아침에 잠에서 깨어나
기지개를 켜듯 날개를 쭉 펴고
떼 지어 자유로운 그림을 그리며
날아가다 되돌아오는 비행연습처럼,

“철조망이 가로막아
오도 가도 못하니“

새야,
멀리 북에 갔다 오는 길에
왕 할아버지 그리운 누이소식
쪽지편지 발에 묶어 전해주렴.

※제 1회 디지털백일장 초등부<시>부문 / 「우수상」
- (상격 - 한국문인협회부천지부장)

부천이 아름답다

성주산을 중심으로 부천은 복사골이지
화사한 오월 품에 안기어 꿈을 꾸듯
분홍색 그림을 그린다.

살랑이 불어오는 복사꽃 꽃바람에
꽃향기 날아들어 코끝에 다가오면
동화 속 꿈을 꾸는 것처럼 나의마음 설렌다.

내가 자란 복사골 꿈을 키워 가는 곳
수주의 혼이 깃든 문학의 터전에서
예술 혼 감동이 밀려오는 부천이 아름답다.

※제 17회 부천시민시조백일장. 시조-청소년 부 / 「차상」
- (상격 - 부천시의회의장)

부천 백년

2014 부천은,
성주산 자락 조리 터가
잎보다 먼저 피는 복사꽃 품에 안기어
백색과 담홍색 그림을 그릴 때,

소사 골 바람타고 스치듯 다가온
복사꽃 향기 코끝에 닿으면

산 빛 물빛 고와지고
흰 빛깔 모래 언제 다 어우러지나

흐드러지게 핀 꽃 분홍 향연과
부천탄생 100년이 어울리며
잔뜩 멋을 부리네.

※제 18회 부천시조백일장. 시조-청소년 부 / 「장원」
- (상격 - 부천시장)

왕 할머니의 다락방

왕 할머니는 내가 5살 때 돌아가셨다. 왕 할머니는 나의 할아버지를 낳아 주신 분이시고 할머니의 시어머니가 되신다. 명절이나 가족모임 때에는 4대가 모여 손자들 재롱 보시느라 웃음꽃이 피는 잔칫집 이였다. 5남매를 키우시며 자녀들을 출가시키기까지 왕 할머니는 우여곡절이 많으셨다고 하신다. 연세 40이 조금 넘어 방이 3개, 작은 거실, 입식주방과 깨끗한 욕실, 마당에는 꽃 사과나무가 심어 있는 아담한 주택을 장만하셨다고 하신다. 알뜰히 저축하여 대출 없이 구입하신 집이라 왕 할머니는 너무 행복해 하셨다고 하신다.

왕 할머니는 주머니 속으로 돈이 들어가면 절대로 다시 나오지 않았다고 하신다. 그 주머니는 곧바로 굳어버린다고 하였다. 알뜰히 저축하는 이유에는 낭비벽이 심한 왕 할아버지의 덕도 있었다고 하신다. 그렇다고 대책 없이 짠 자린고비는 아니셨다. 손자, 손녀들에게 용돈과 선물도 잘 해 주셨고 음식도 넉넉히 하여 이웃과 나눠 먹을 줄도 아셨고 젊은 부부들이 싸우면 평화롭게 화해시켜주시는 동네 해결사이기도 하셨다고 한다.

그러는 가운데 왕 할머니 스스로 행복감을 느끼시고 꿈을 갖게 하는 비밀스런 장소가 있었다. 그곳은 왕 할머니의 다락방이었다. 다락방 입구에는 큰솥 냄비 채반 등 발 디딜 틈 없이 차곡차곡 쌓여 있어 가족 누구도 올라가 볼 엄두도 내지 않았을 뿐 아니라 또한, 왕 할머니께서도 아무도 올라가지 못하게 하셨다. 왕 할머니는 다락방을 오르락내리락하시면서 무척이나 즐거워 하셨을 것 같다.

그런 왕 할머니에게 불행이 찾아왔다. 평소 고혈압 약을 복용하고 계셨는데 건강검진을 이유로 하루를 드시지 않아 밤에 주무시는 것처럼 의식을 잃고 계셨다고 하신다. 다음날 아침 가족들이 알고 급히 병원으로 옮겨 뇌수술까지 받으셨다고 하신다. 그러나 왕 할머니는 깨어나시지 못하고 중환자실과 일반병실을 오가며 오랫동안 병원에 입원해 계셨다. 물론 가족도 알아보시지 못하고 말씀도 못하시면서 식물인간 상태로 병실천장만 바라보고 계셨다.

가족 모두는 왕 할머니에게 기적이 일어나기만을 소원하며 정성껏 병간호를 하셨다고 한다. 나도 생각이 난다. 말씀을 못하시는 왕 할머니께 말을 시키며 조그만 손으로 다리 안마도 해드리고 함께 웃어보려고 했던 …

왕 할머니가 병원에 계시는 동안 왕 할머니 댁은 고모할머니께서 왕 할아버지를 도와드리며 살림을 도맡아하셨는데 집안 정리를 하다 보니 왕 할머니의 보물섬 같은 다락방도 정리를 하게 되었다고 한다. 그곳에는 한 번도 사용하지 않은 냄비며 그릇들이, 자식들이 사다드린 새 내의, 옷, 수건 등이 차곡차곡 정리가 되어 있었다고 한다. 그런데 깜짝 놀랄 일이 있었다고 한다. 서랍 속에 숨겨둔 이천여 만원이 들어 있는 통장 2개가 발견 된 것이다.

할머니는 가족들 모르게 저축하면서 즐거워하시고 행복해 하신 것이다. 왕 할머니는 그렇게 모아진 돈으로 손자 · 손녀들에게 용돈도 주시고 선물도 사주신 것이다. 왕 할머니의 끔찍한 손자, 손녀 사랑이 드디어 왕 할머니가 아닌 고모할머니에 의해 세상 밖으로 나오게 된 것이다.

가족 모두는 왕 할머니가 깨어나시기를 염원하였지만 2004년 6월 15일 새벽 1시 할아버지의 무릎에 머리를 올려놓으시고 가족 곁을 떠나셨다. 외아들인 할아버지와 함께 살아보겠다는 마지막 소원을 그렇게 나마 이루시고 ...

왕 할머니는 하늘나라로 떠나면서 가족들에게 많은

교훈을 남기셨다. 왕 할머니의 가르침은,

1. 건강은 건강할 때 지켜야 하고,

2. 부모님은 살아계실 때 효도해야하며,

3. 나이 들어 수입 이 없을 것을 대비하여 낭비하지 말고 저축해야 한다는 것을 ...

언제나 나를 업어주시고 대단한 녀석이라 여기셨다는 왕 할머니 평생 잊지 못할 거예요.

※제 19회 우체국예금보험 어린이 글짓기대회 입선.
-(상격 - 경인지방우정청장)

꿈이 크는 나무

우리 집에는 목소리가 크시고 불의를 보면 참지 못하는 정의로운 할아버지, 가족의 건강을 챙기시는 요리담당 할머니, 밤에는 부엉이 모양 정신이 번쩍 든다는 연극배우 야행성 엄마, 자신에게는 철저하고 타인에게는 관대한 성품의 나, 이렇게 4인 가족이 살고 있습니다. 가족이라도 각각 타고난 성격이 다르나 그래도 몇 가지 같은 점도 있습니다. 성격들이 급하다는 것과 집에서 할머니가 해주시는 음식을 더 좋아한다는 것입니다. 또한 집념의 가족이기도 한 우리가족에게는 소중히 여기는 특별한 것이 있습니다. 그것은 우리가족 모두가 가슴 속으로 키워나가는 한 그루의 나무입니다.

10여 년 전, 할아버지는 어린 묘목이 척박한 땅속에 뿌리가 잘 내릴 수 있도록 흙을 다져주었으며 어린 묘목이 마르지 않게 물을 주셨습니다. 그 때는 묘목이 어려 잘 보살펴 주어야만 했기 때문입니다. 다행이도 묘목은 뿌리를 잘 내려 잘 자라고 있었어요. 봄이 되면 나뭇가지에 새순이 돋아 어린잎이 나오고 날이 갈수록 잎은 무성해 지기 시작했습니다. 여름이면 병충해가 생겨 잎을 갉아먹지 않을까 걱정을 하며 나무근처의 벌레들

까지 퇴치했으며. 겨울이 오면 얼지나 않을까 따뜻하게 보온도 해 주었습니다.

가족들이 소중히 여겼던 나무는 다른 나무보다 키고 더 크며 초록빛 잎사귀도 무성해 가족 모두는 마음이 뿌듯했습니다. 어느 누가 장난으로 나뭇가지를 꺾을라 치면 할아버지 목소리는 금방 커집니다. 누구든 나무를 바라만 보고 행여 꺾으려고 하지 않았습니다. 할머니는 오고가는 학교 길에 나무는 별 이상이 없는지 보살핍니다. 혹시 나무가 건강해 보이지 않으면 무공해 천연 비료도 주고 영양제도 주신다. 엄마는 바쁘다는 이유로 몇 일만에 한 번씩 들여다보며 "예쁘네, 멋지다" 하고 말만 합니다.

나무는 해가 갈수록 밑동이 굵어지며 태풍이 몰아쳐도 끄떡하지 않고 뿌리가 튼튼하게 땅속 깊이 자리를 잡아가며 기본이 튼튼한 한 그루의 나무로 잘 자라고 있습니다. 모두들 나무를 부러워합니다.

이 나무의 이름은 '꿈이 크는 나무' 바로 나 도헌입니다. 내가 힘들어할 때 기댈 수 있는 할아버지가 계시고, 온갖 사랑 다 베푸는 할머니가 계십니다. 나는 변함없이 큰 꿈을 키우며 학창시절을 보냅니다. 꿈을 키워 나갈 수 있도록 걸림돌을 치워주고 막아주시는 우리 가족이 있기에 나는 무슨 일이든 스스로 할 수 있는 소년이 되어갑니다. 할아버지, 할머니는 나를 강아지라 부르며 “내 강아지는 딸이 내게 준 선물” 이었다고 말 하십니다. 우리가족은 나의 영원한 재산이고 힘이며, 나는 “꿈이 크는 나무” 입니다.

※제 20회 우체국예금보험 어린이 글짓기대회 입선.
- (상격 - 경인지방우정청장)

할머니는 소녀

할머니는 손톱에 네일 칩을 붙이고 있다. 요리에 청소에 혹사시켜 굵어진 손마디를 위로라도 하듯이 어루만지며 " 내가 지금 안하면 언제 해 보겠어" 라며, 예쁘지? 라고 물으신다. 또 거울을 보면서 움푹 파인 팔자주름을 양손 검지로 살짝 위로 올려보면서 "이러면 10년은 젊어 뵐 텐데... " 하신다. 면 레이스 치마가 보이게 그 위에 A라인 원피스를 입는 공주스타일을 좋아하며 다리에 착 달라붙는 스키니 바지에 헐렁한 티셔츠를 즐겨 입고 무릎사이가 ㅇ자로 벌어질까 교정이라도 하듯이 무릎을 쭉 펴고 걸으신다. 그것은 아랫배가 나온 것이 보기 싫어 이렇게 입는다고 하는데 잘 어울리기도 하신다.

사실 난, 할머니가 귀엽다고 느낄 때가 많다. 코믹영화를 보면서 깔깔거리며 웃는 모습도, 내 친구들이 여러 명 놀러오면 식탁 밑에 누워 고개만 밖으로 내놓고 낮잠 주무시는 모습도 귀여워 보이며, 숏 컷 머리에 작고 이목구비도 예쁘다고 느낄 때가 많다. 다른 할머니들 보다 더 극성스러운 할머니가 있기에 난, 자기주도 학습능력이 뛰어나며 예, 체능 외에는 선행학습을 하는 학원을 다니지 않는다. 6학년 수학문제도 이해하기 쉽게 풀어내며, 책도 함께 읽으며 독서지도 등을 해주시며 교육적인 면에서 누구에게도 지지 않는 열성적이신 할머니가 나에게는 훌륭한 스승이다.

그런 할머니도 나를 피곤하게 하는 질문을 자주 하신다. TV속 출연자나 이웃의 아줌마들과 동년배일 경우 " 도현아! 저 아줌마와 나이가 같은데 누가 더 젊어 보여? " 하고 물을 때 "할머니가 훨씬 젊고 예쁘지, " 라고 당연하다는 듯이 대답해 주곤 한다. 5학년 때 까지만 해도... 할머니가 원하는 대답이 무엇인지는 알지만 요즘에는 거듭되는 질문이 귀찮아 못들은 척 대답을 안 한다. 내가 세상에 태어나면서부터 키우느라 갑자기 늙어 버렸다고 종종 말씀하시는 할머니, 냉정하게 흘러가는 시간 속에 늙어간다는 현실을 부정하고 싶은가 보다.

윤달이 든 금년 9월에는 예쁜 영정사진을 찍을 계획이라는 할머니는 내가 있어 새로운 꿈이 생겼고 내가 " 내일의 태양" 이라고 말씀하시는 할머니의 가슴에 나를 품고 눈은 미래의 내 꿈을 찾으며 성장해 가는 모습을 그리면 입 언저리가 귀에 걸리도록 행복하다는 할머니에게 잠자리에 들기 전, 가끔 이런 말을 한다. "할머니는 정말 귀엽고 예뻐, 또 옆구리에 삐져나온 뱃살에 베게삼아 누우면 포근한 감촉이 너무 좋아, " 라며 뽀뽀를 하고 활기 찬 내일을 약속하며 편안히 잠을 청한다.

곱게 아름다운 생을 마무리하고 싶다는 할머니 마음은 소녀이다. 오랫동안 건강한 모습으로 나를 지켜봐 주길 기도한다.

소녀 같은 할머니 사랑합니다.^^^♡♡♡

※제22회 우체국예금보험 어린이 글짓기대회 / 「장려상」
- (상격 - 경인지방우정청장)

참수리 357호정 안보전시관

전쟁기념관에 가면「참수리 357호정 안보전시관」이 있다.

북한의 위협적인 도발과 기습공격에 대한 경각심을 다시 한 번 되새기며. 죽음을 두려워하지 않았던 순국선열과 호국영령들의 고귀한 희생과 눈물의 의미를 잊지 않기 위해, 전쟁기념관「참수리 357호정」안보전시관을 찾았다.

'참수리 357호정 안보전시관' 에 들어서니,
지난 해, 해군 제 2함대사령부 안보 공원에서 '참수리 357호정' 이 드나들던 서해바다를 바라보며 연평해전 당시, 참수리 357호정의 교전상황 설명을 듣고 슬픔과 분노가 교차했던 기억과, 국립대전현충원 영상관에서 '제 2연평해전' 을 관람하며 북한군의 도발과 기습공격에 진저리 쳤던 기억이 생생하게 떠오른다.

전쟁기념관 '참수리 357호정 안보전시관' 은 제 2 연평해전 당시, 북한의 위협적인 도발과 기습공격에 의해 산화하신 그들을 기억하는 추모의 장소이며, 승전기념

식으로 바뀌면서 승리의 역사이자 고귀한 희생자들을 영원히 기억하는 곳이기도 하다.

온 몸으로 우리나라를 수호하며 산화하신 영령들...

다시는 이 땅에 전쟁이 일어나지 않도록 전쟁을 겪지 않은 후손들에게 '국가안보의 소중함'을 깨치게 하려 그 흔적을 고스란히 남겨 놓은, 2002년 제 2연평해전의 주인공, '참수리 357호정' 을 가까이 더, 가까이 견학할 수 있는 안보전시관이 전쟁기념관에 있음에 대한민국이 자랑스럽다.

준비 없는 안보 없다! 라고 단호하게 말씀하시며 국가안보의 가치나 중요성을 직접 체험케 하는 할아버지와 함께한 '국가안보현장 전쟁기념관' 견학은 미래 우리나라 국가안보를 책임져야 할 나에게는 참의미 있는 시간이었다.

※제 19회 전국 학생 나라사랑 글짓기 공모. 초등부문 / 「은상」
- (상격 - 전쟁기념관장)

꿈꾸는 다락방
지은이 이지성 / 국일아이

'꿈꾸는 다락방' 을 10페이지 쯤 읽어가는 순간부터 나의 심장 은 힘이 솟으며 뛰는 소리가 들리는듯했다 물론. 나의 두 눈은 더 반짝 거렸다. 장래희망은 있지만 확고한 꿈과 꼭! 된다, 라는 아니, 나는 사회정의를 구현하는 대한민국 검사 김도헌 이라는 믿음이다. 장래의 꿈에 대하여 스스로 마법을 거는 마법사가 된 기분이다.

새우잠을 자도 고래 꿈을 꾸고 생생하게 꿈꾸면 무엇이든 이룰 수 있다는 것이다. 마른사람이 근육질 몸매로 뚱뚱한 사람이 다이어트에 성공하고, 몇 년 후에 거대한 집의 주인이 또는 훌륭한 정치가, 최고의 사업가는 꿈을 가지고 이루어 낸 것이다. 하루도 거르지 않고 생생하게 꿈꾸면 언젠가는 이룰 수 있는 능력이 생겨난다.

역대의 대통령도, 에디슨도, 재벌도 모두 꿈을 이루어 낸 것이다. 말을 못하는 진돗개 백구도 주인을 찾아 돌아가겠다. 라는 꿈 하나로 주인과 다시 만나게 되었다. 나의 꿈은 검사다. 더 나아가 검찰총장이 될 것이다. 그래서 나는 지금도 강한 의지로 남다른 노력을 한다.

법을 어기거나 사소한 일이라도 부정 부당한 행위는 결코 하지 않을 뿐 아니 라 바른 마음, 바른 행동, 인성을 배우고 있다.

공부에 관해서도 밝고 긍정적인 생각을 하며 시험에 스트레스 받지 않으며 내가 좋아하는 운동, 예능 등 무엇이든 최선을 다 하자고 마법의 꿈을 꾼다. 꿈을 이루어 낸 모든 사람들은 꿈의 공식을 인정한다.

Realization = Vivid Dream !

R=VD

“꿈의 공식 , R=VD는 과학이다."

앞으로 친구들에게 “꿈 깨라” 라는 말은 결코, 하지 않겠다.

“꿈꾸는 다락방" 은,

모든 이들에게 깊은 감동과 활기찬 희망을 준다.

※제 47회 도서관주간「2011년 학생독후감 공모전」/「장려」
- (상격 - 부천시장)

우리들의 일그러진 영웅
지은이 : 이문열 / 휴이넘

'영웅 보다는 봉사자'로,

좀 더 넓고, 깊이 있는 생각을 해 보기로 했다, '우리들의 일그러진 영웅을 읽고... 요즘 학교에서 심각하게 받아들여지고 있는 폭력이 교육청 또는 사회의 예민한 현실문제로 대두되고 있다. 욕심 많은 개인이나 학교 교실에서 부전하게 권력을 잡고 인권을 무시하며 왕따로 몰아세워 상대에게 큰 상처를 안겨 줌으로써 목숨까지 버리는 불행한 일이 종종 발생한다.

이 소설은 1980년대의 민주주의를 외칠 때, 일부 어른들의 잘못된 문제를 쉽게 전달하기 위해 초등학교 교실을 무대로 삼았다. 소설은 서울에 살다가 아버지의 직장문제로 시골로 전학 온 한병태라는 5학년 학생이 등장 하면서 시작 되는데, 한병태는 26년 전, 자신의 초등학교 시절을 떠 올려 과거를 회상하는 형식으로 쓰여진 글이다.

한병태는 전학 첫 날, 엄석대를 만나는데 그는 학급의 반장이며 공부까지 일등이고 담임선생님의 각별한 배려에 학급 일을 도맡아 하며 반 학생들로 부터 특별한

대접을 받는다. 이런 모습이 병태의 눈에는 낯설고 또한 반 분위기도 마땅치 않았으며 분명, 불합리와 폭력이 존재한다는 확신을 갖게 된다. 특히 그가 보여주는 교활함은 싸우고자 하는 의지마저 포기하게 만든다.

병태는 석대를 중심으로 한 학급의 운영방식은 바꿔야 된다고 굳게 믿는다. 그러나 생각 뿐 그의 잘못을 지적하려고 해도 교활하게 빠져나가는 석대의 힘을 인정하지 않을 수 없다. 석대의 보복은 병태를 향해 더욱 가혹하게 다가와 결국 병태는 그의 막강한 권력 앞에 무릎을 꿇고 만다. 그가 6학년이 되어 치룬 시험에서 학급의 우등생들이 돌아가며 석대를 위해 답안지를 바꿔 준다는 비밀이 폭로되어 그는 학교를 떠났다.

그 후 학급 분위기는 민주적으로 돌아서게 되었다. 그런 일이 있고 부터 26년이 지난 어느 날, 병태는 석대가 손목에 수갑을 차고 끌려가는 모습을 보게 되었다. 학급의 반장, 또는 회장은 봉사를 솔선하여야 하며 남을 위해 배려하고 겸손하여야 한다. 반장, 회장이라고 거들먹거리며 친구들에게 영웅대접을 받으며 군림하려는 것은 아주 비뚤어진 행동이다. '학교폭력이나 왕따는 없어져야 하며 사람의 인권은 평등해야 한다.

※2013 부천시「시민독후감상문 공모」초등고학년 부문 /「최우수상」
-(상격 - 경기도부천교육지원청교육장)

내가 나인 것

지은이 야마나카 히사시 / 사계절

엄마와 아이들을 중심으로 펼쳐지는 가족 내의 갈등을 다룬'내가 나인 것'은 일본의 유명 아동작가인 야마나카 히사시 작품으로, 책속의 주인공 히데카즈는 5형제 중 넷째이다.

형제들 가운데 이름이 가장 좋다며 이름값하고 살라고 엄마는 늘 잔소리를 한다.

최고라는 뜻의 카즈와'핵력이론'으로 1949년 노벨물리학상을 수상한'히데끼'와 같은 훌륭한 위인들의 이름을 따서 불리면 모두 위대한 사람이 되는 것일까? 그 건 아니라고 생각한다.

6학년인 히데카즈는 형제들 중 가장 공부도 못하고, 실수투성이에 이런저런 이유로 공부시간에는 자주 벌을 선다. 공부를 한답시고 책상에 앉기만 하면 꾸벅꾸벅 졸기만 하고 흔들어 깨우면 의자에서 뚝 떨어지는 히데카즈를 보면서"너는 형편없는 애야"라는 말을 밥먹듯이 한다. 히데카즈는 더 이상 이런 집에서 살고 싶지 않다며 가출을 결심하게 된다.

자신이 처한 생활보다 더 나은 생활을 꿈꾸며 가출한

히데카즈는 우연히 만난 나요츠 집에 머물면서 밖의 세상을 통해 다양한 경험을 하며 나는 누구인가? 곰곰이 생각하게 된다.

자신을 돌아보며 독립된 개인으로서 존재가치가 있음을 깨달은 히데카즈는 무사히 가출을 마치고 집에 돌아왔을 때 집은 불에 타 재로 변해 있었다. 형제들은 모두 재로 변한 집은'엄마의 성'이었다고 말한다.

엄마는 성의 성주로 아이들에게 훈계하고 지시하며 명령을 한 것은 아닐까? 어린이들은 부모나 어른들의 보호를 받지 않으면 바르게 자랄 수가 없다. 그 대신 갖가지 제약이 따르거나 간섭을 받게 된다. 그러나 지나친 간섭은 잠재된 성장에 도움이 안 된다고 생각한다.

어른들이 어렸을 때를 생각하며 어른 자신을 되돌아봤으면 좋겠다.
어린이들의 다른 능력이나 에너지를 무조건 부정하지 말고 인정도 해주고 긍정의 눈으로 지켜보고 기다려주었으면 하는 바램 이다. 모든 사람은 존재의 가치가 있고 그 가치대로 그들만의 생활을 이어간다. 부모들의 소유물이 아닌「내가 나인 것」처럼 말이다.

※2014 부천시「시민독후감·동시공모」초등고학년부문 / 「장려」
- (상격 / 부천시장)

열세 번째 아이
지은이 이은용 / 문학동네

제목 : 맞춤 형 아이

"넌 가장 특별한 아이가 될 거야, 이제부터 사람들은 너를 모델로 삼을 거야" 라고 엄마는 늘 나에게 이렇게 말했다. 성별은 아들, 키는 187㎝, 머리는 짙은 갈색, 성격은 냉철하게, 엄마는 차림표의 음식을 주문하듯 연구원들에게 나, 장시우를 주문했다. 내 주인은 엄마인 셈이고 나는 엄마가 시키는 대로 따르고 잘 자라면 되었다. 아빠가 누구인지는 비밀이었지만 굳이 알려고 하지 않았다. 열세 번째 맞춤형 아이인 나는 앞서 만들어진 열두 명의 아이들에게 아쉬웠던 부분을 보완해 만들어졌다. 13이라는 숫자는 또 다른 이름처럼 나를 따라다녔고 많은 엄마, 아빠들은 앞으로 태어날 자녀가 열세 번째 아이인 나처럼 되길 바랐다. 문제될 것은 아무것도 없었다. 최고의 성적을 유지하고 장차 내 직업이 정해지면 그 일을 하고 그 일에서 성과를 내기만 하면 된다.

그런데 의문이 들기 시작했다. 우리 집에 인간의 모든 감정을 느낄 수 있는 2075년 형 감정 로봇인 레오가 들어오고 나서부터였을까, 레오는 나를 따라다니며 질문을 해대고 자신에게 입력된 가짜 기억을 진짜처럼 말하며 사사건건 귀찮게 굴었다. 자기가 정말 사람이라도 되는 줄 착각하는 로봇이라니, 나는 레오에게 분명하고 똑똑히 말해주었다. 넌, 명령대로 따르면 되는 로봇이고 네 기억은 입력된 가짜 기억일 뿐이며, 네가 느끼는 감정 또한 가슴이 아닌 네 머릿속의 '감정 칩'에 저장된 것뿐이라고, 그러니 너 자체도 거짓이라고. 그런데 누군가 말했다.

유전자를 조작한 맞춤형 아이와 로봇, 이 둘이 뭐가 달라? '부모가 원하는 대로 아이를 만드는 세상' 13이라는 숫자와 레오의 팔목에 새겨진 제품번호 2075-819는 어쩌면 같은 것이 아닐까? 완벽에 가까운 인간으로 만들었으나 인간으로부터 더 멀어지는 느낌을 받은 시우, 시우는 레오와 감정을 나누며 완벽한 인간으로 만들어지기 위해 잃어야했던 것들의 뿌리를 찾아간다. 그리고 참 인간다움을 되찾으며 중요한 것이 무엇인가를 재차 묻는다. 더! 더! 더! 무한경쟁만을 강요하는 교육현실에 미래를 저당 잡힌 아이들을 위로하고 존엄성이 사라진 인간중심적인 과학기술과 사고에 일침을 가하는 동화이다.

이 책을 읽고, 아이들에게 부족한 면을 완벽을 추구하는 어른들이 로봇을 통해 대리만족을 느끼려한다, 는 생각이 든다.

- 2014년 6학년 계남초등학교신문 여름 호 게재 -

강아지 똥

어느 날
길모퉁이에 흰둥이가
똥을 눴고 갔어요.
참새도 병아리도
더러운 개똥이라고 천대했어요.
강아지 똥은 서럽다고 울었지요.

하지만
똥은 더러운 것이 아니죠.
자연에서 퇴비로 쓰는 자원이지요.
물과 같이 돌고 돌지도 몰라요
양식을 먹고 배설하고 퇴비로 쓰고
쓰임새가 물레방아처럼 돌지요

강아지 똥은
자신이 쓸모없는 존재라 여기면서
좋은 일을 하고 싶어 했어요.
외롭던 날,
봄비가 부슬 부슬 왔어요.
옆에 민들레 싹이 돋아났어요.

예쁜 꽃을 피우는 민들레 이었어요.
민들레는 “반짝이는 꽃을 피우기 위해
비와 햇볕, 그리고 네가 필요해“
“정말! 정말이야! “
감동의 기쁨으로 민들레 싹을 꼭!
안고 빗속에 온 몸을 부셔 민들레의
뿌리로 가 꽃봉오리를 맺혔지요.

화창한 봄날에
강아지 똥 눈물과 헌신적인
사랑이 가득담긴
노란 한 송이 민들레가 피었어요.

※2011 시화 및 독후감상화 공모」/「장려상」
- (상격 - 부천시장)

제2부

시 모음-꼬물꼬물 애벌레 외 52편

꼬물꼬물 애벌레

룰루 ~ 랄라 룰루 ~ 랄라 ~ 산책을 하는데
꼬물 ~ 꼬물 기어가는 애벌레

"애벌레야, 넌 그것이 맛있냐?"
"내가 나뭇잎을 안 먹어 보아서 그래!"
"네 마음에는 잘난 척이 너무 많아."

순간 애벌레의 눈에서는 이슬같은 비가 내렸어.
내 마음 꽃은 너무 아파 죽어 버렸어.
"미안해, 애벌레야."

우산

꽃들이 방긋방긋
색색이 알록달록

빗속에 꽃봉오리
돌려서 활짝 피면

부채춤 추는 것처럼
예쁘게 보여요.

매미 I

날씨가 무덥다고 울어댄다.
매~애 맴

비가 오면 숨바꼭질 하는지
울지도 않는다.

가을이 오면 어디로 갈지 몰라
서글프게 우나보다
매~애 맴.

김치

아삭아삭 사각사각
매콤달콤 새콤달콤
맛있고 몸에 좋은
김치가 있어요.

멋진 총각김치
하얀 복실이 백김치
키다리 파김치
너 아삭 나 사각
알콤달콩 나눠 먹지요.

※ 2010. 11. 학교에서 수업시간에 지음.

매미 II

긴 장마 속에서
얼마나 울고 싶었을까
비 그친 날
매~앰하고 울어 댄다

매미 마음만큼
날씨 덥기를 기다렸다
운동장 모래가 뜨겁고
햇볕 쨍쨍하게

매미 허물 벗고
나무에서 마음껏 울어 보렴
나는 초록마당에서
땀나도록 축구 할 거야.

봄 I

봄은
목 틈 속으로 들어오는
칼바람
겨울보다 더 춥다
봄은
코 안으로 들어오는
먼지바람
코를 맹맹하게 만든다.

나는
바람 없는
포근한 봄을 기다린다.

※2011. 3. 17. 학교에서 수업시간에 지음.

올챙이

아침 식사하러
물 위로 올라 왔네.

냠냠 보이지 않는
입으로 상추 잎 잘도
갉아 먹네

올챙이 집 툭!
하고 치니 잡힐 새라
물속으로 쏙 들어간다.

※2011. 6. 1. 과학_동물의 한 살이 수업 중.

장마

지루한 장마 비
주룩주룩 주루룩
운동장에서 축구 못해
너무 아쉬워
창문 밖을 내다본다.

메아리가 되돌아오다니
멀리멀리 가버려라
장마 비야!
나는 운동장에서
마음껏 뛰고 싶단다.

참지 못해
복도에서 뛰다
선생님께 꾸중 듣기 싫단다.
장마 비 뚝!

※2011. 6. 24. 학교수업 시간에 지음. 메아리_태풍이름.

청와대 견학

햇볕이 쨍쨍 뜨겁던 날
춘추관 경호원 아저씨 웃으며
날 반겨 주시고

옛 경무관 터 주목은
살아서도 죽어서도 천년을 사니
전설 속 고목이고

녹지원 잔디는
동자승 머리 약간 자란 듯
까실하니 보드랍고

청기와 지붕 얹은
건물이라 청와대이니
훗날
내가 주인임을 다짐하며
북악산 정기 듬뿍 받고
어도를 당당히 걷는다.

※2011. 7. 23. 청와대 견학을 다녀와서.

지루한 비

시도 때도 없이 내리는
비는 푼수야

입추가 지났단다.
가을이 온다는 소리야
비는 생각이 없구나.

들에 있는 곡식도 익어야 하고
과일도 익어야 해
추석이 돌아오잖아

매일 내리면 너도 힘들지
계속 내리면
나에게 구박 받는다.

더덕 장군

봄과 여름, 가을, 겨울이 올 때까지
나는 엄마가 들려주는 동화를 들으며
할머니가 사다 준 계피사탕과
할아버지가 어렵게 구해온 산 더덕을 먹으며
엄마 뱃속에서 무럭무럭 자랐어요.

거리에 캐롤송 울릴 때
세상 밖이 궁금해 나가고 싶어졌어요.
엄마와 나는
세상 밖으로 나가는 문을 열려고 애를 썼지만
문이 꼼짝도 안했어요.
엄마와 나는 지쳐갔어요.

엄마는
세상 밖으로 나가기를 원하는 나를 위해
제왕절개를 했대요.
나는
우렁차게 울어보려고 했는데
지쳐서 잠만 잤어요.

나는
똘망똘망한 더덕장군
우리 가족의 귀한 선물이래요.

※도덕시간 '소중한 나'를 배우며.

청 거북이

쌩쌩이와 퐁퐁이가
우리 가족이 되었어요.

쌩쌩이는 앞발로
돌을 파고 놀지요

퐁퐁이는 빼끔 빼끔
고개를 내밀고 호흡을 하지요

쌩쌩아!
퐁퐁아!
내가 형이야
내 얼굴 잘 기억해

울 엄마

등교준비 하려고 눈을 떠보니
엄마가 내 옆에 자고 있네요.

아침밥상 앞에 마주 앉아
엄마가 말을 시켜요.
"아들, 잘 생긴 우리 아들
사랑해! "

엄마는 해외공연이 많지요.
카카오 톡으로 서로 안부를 전해요.
이번에는 내가 원하는 선물을 사올까?
꼭 사올까?
궁금하기만 해요.

그래도
'엄마, 사랑해요' 라는 말은 잊지 않아요.

가을 I

학교 오고가는 공원길에
귀뚜라미 우는 소리가
들려와요.

낮에는 햇볕이 따가워
등줄기에 땀이 송글송글
맺혀 흘러 내려요,

새벽녘엔 서늘해서
몸을 움츠리며 이불을 당기지요

모두가
가을이 오는 소리예요.

지우개와 연필

연필 어디 있어?
조금 전에 내 옆에 있었는데
금방 사라져 버렸네.

지우개가 모르는 사이 그만
책상 밑으로 떼그르르 떼굴
굴러가 버렸네.

연필과 지우개는 같이 있자고
둘이는 꼬~옥 약속했지요.

은행나무

학교회색 마당 앞에
은행나무가 옆으로
나란히 서 있어요.

은행잎 가장자리도
노랗게 물들어 가고 있지요.

나무 가지 마다 은행도
주렁주렁 달려 있어요.

은행이 달린 나무를 보면
푹 시어버린 김치냄새가
나는 것 같아요.

김장

갖은 양념 넣고
조물 주물 버무린 김장 속
보기만 해도
입안에 군침이 가득고이지

노오란 배추 잎 떼어
김장 속 넣어 돌돌 말아 맛보니
하얀 쌀밥이 생각이 나
역시
할머니 손맛이야

단풍

학교 오고가는 공원길에
단풍나무와 이름 모를 나무들이
줄 지어 서 있어요.

바람에 나뭇잎 떨어져 위를 쳐다보니
어! 밤사이 나 몰래 물들어 버렸네,
울긋불긋 한 폭의 풍경화 같아요.

겨울은 언제 올까?

샤브작 샤브작
하얀 눈 위를 신발도장 찍으며
걷고 싶은데
비만 오고 있어요.
겨울은 언제 올까?

입으로 호~ 하고 불면
입김이 솔솔
뭉개 뭉개 구름 만들고

핫팩 주머니 속에 넣고
찬 손 따뜻하게 하고 싶은데
날씨는 영상이에요.
겨울은 언제 올까?

할아버지 유전자

할아버지는
자주 삐치시죠.
삐칠 때는 말투가 퉁명하고
큰 소리로 말씀하시죠.

할아버지는
순정영화를 보면
훌쩍훌쩍 눈물도 흘려요
내가 아프면 더 우시죠.

나도,
잘 삐치고 퉁명한 말투에
목소리도 커요,
할아버지께 꾸중 들으면
금방 눈물이 글썽거리죠.

하지만,
할아버지와 나는
불의를 보면 참지 않는
정의의 사나이 이며

봉사정신이 뛰어나고
약한 자에게 배려할 줄 아는
대한민국인 이에요.

그래서 나는,
할아버지 유전자를 물려받았어요.

눈 I

창문 밖으로 함박눈이
까꿍 까꿍 하며
나를 불러요

숨바꼭질 할까?
두꺼운 잠바에 모자 눌러쓰고
뎅굴뎅굴 바위 같은 눈사람 만들어
뒤로 살짝 숨지요.

승민이네 할아버지

승민이는
할아버지 이야기를
듣기 좋아해요.

할아버지 입속에는
이야기가 가득 들어있어요.

승민아,
네가 들은 이야기
나에게도 재밌게 들려줘봐!

※국어(쓰기)시간에 인물을 정하여 생각그물 만들기.

수주여!

유명한 수주께선
부천의 인물이죠

태어난 곳 부천이 아니지요,
하지만 꿈을 이룬 곳이죠.

수주여!
존경하는 제 마음을 들여다보셨나요?
수주는 민족사랑
영원히 하셨지요.

님 의 정신 본받아
수주의 시를 읊으며
님 이 꿈 이룬 것처럼
반듯한 법조인으로
제 꿈을 이룰 거예요.

동행

오늘 아침에도
할머니와 등교를 합니다.

횡단보도 앞에서
초록색 불이 바뀔 때 기다리며
할머니는 매일 즐거운 하루가 되라고 말씀하신다.

같은 이야기를 반복합니다.

수업이 끝나면 어김없이
할머니는 복도 끝에서 기다리고 계신다.

하교 길에는 내가 종알종알
학교생활을 들려줍니다.

동쪽교실

내가 일 년 동안 꿈을 키워야 할 곳은
동쪽 교실 끝입니다.
해가 들지 않지만
아늑하고 조용하지요.

할머니와 함께 예쁘게 접은
종이꽃으로 게시판을 환하게
장식했어요.

꿈이 크는 교실에서
한 해 동안 알찬 꿈을 키워볼
생각입니다.

봄과 나

봄은 착각하고 있나봐
가끔 기습 공격하는 추운 바람에
봄은 더 있다 와야지 하며
한 발 물러서 있는 것 같아

봄과 나는 힘을 모아
남은 겨울을 몰아내기로 했지
얇은 옷 갈아입고 뛰는 동안
벌써 해가 드는 나무 밑에는
파릇파릇 쑥이 돋았네.

역시 봄은 봄이야.

지하철

애들아! 여행갈까
도시락 싸가지고 천안까지 가는 거야
노약자석은 비워두고
빈자리 나란히 앉아
도란도란 이야기 나누자.

깜깜한 터널을 몇 번 지나면
창밖으로 빌딩도 지나가겠지
졸리면 잠도 자는 거야
물건 파는 아저씨 목소리에
잠에서 깨면

어디쯤 왔을까
창밖을 내다보기도 하자.

여름 길

인도에서 고개를 옆으로 숙이고
저 멀리 아스팔트를 보니
아지랑이처럼 꼬물꼬물
꼼지락 거려요.

아마도
폭염 때문에 뜨겁다고
아우성치는
소리 같아요.

도로 위에 감자, 계란을
올려놓으면
먹기 좋게
구워질 것만 같아요.

매미Ⅲ

매미는
나뭇가지에다
허물을 널어놓고
모두들 어디로 간 것일까
합창연습 하러
음악실에 모였나

길 옆 가로수 높은 곳에 자리 잡고
힘차게 여름을 노래한다.
7년 동안 수련하여
세상 밖으로 나온 매미는
애들아,
나를 잡지마라
이 여름이 지나면 나는 떠난단다...

가을Ⅱ

가을은 바람과 짝꿍이 되어
한 바탕 나무들을
흔들어 놓으면
거리에 울긋불긋
그림을 그린다.

가을은 너무 멋지게
혼합색깔을 만드는 예술가.

곱게 물들어 바짝 마른
단풍잎 위를
나는 자박자박 밟아본다.

가을비 온 다음날은
옷을 한 겹씩 더 껴입으니
내 몸은 점점 두꺼워 진다.

가을과 문지방

가을은 이 나무 저 나무를
타잔처럼 옮겨 다니며
예쁘게 물들여 놓고는
넓은 길목을 도화지로 착각하여
울긋불긋 멋진 그림을 그린다.

가을은 비를 내리고
낙엽 지게하면서
점점 겨울이란
문지방을 넘으려 한다.

저 문지방만 넘으면
가을은 하얀 겨울 속에
묻힌다.

눈꽃

밤사이 폭설이
내렸나 보다.

통학로 양옆에
병풍 속 겨울을 옮겨 놓은 것처럼
새하얀 풍경이 펼쳐져 있습니다.

나무 가지마다에는
눈꽃이 피었습니다.

나뭇잎이 떨어진 빈자리에는
눈꽃이 있어
나무는 쓸쓸하지 않을 것 같습니다.

눈 II

흰 눈이 바람결 따라
살포시 내리고 있습니다.

아파트경비 아저씨는 길목을
좌우로 박자에 맞추듯 싹싹 쓸고 있습니다.

쓸지 않으면
그 자리가 얼어 빙판이 될까
걱정되기 때문입니다.

할아버지도 새벽녘에 나가
도와 드리고 있습니다.
그만 두라는 경비아저씨의
말을 뒤로 한 채 쓸었습니다.

할아버지 마음속에는
행여나 할머니가 빙판에 넘어질까
걱정되기 때문일 것입니다.

봄비

봄비는
내가 깰까봐 새색시처럼
밤새워 아침까지
내리고 있어요.

봄비는
그동안 쌓였던 먼지투성이
도로를 씻기고 있는 중이예요
나뭇가지에 새순이 돋을 수 있게
숨구멍을 열어 주네요.

코끝이
상큼해져 오는 봄비는
자연이 기대고 어우러지는
단비예요.

벚꽃

지금
도청앞길에는
꽃비가 내리고 있어요.
봄바람 타고 오는
꽃향기 코끝에 다가와
우리들 마음 설레게 해요.

마치
팝콘기계 속 팝콘들이 터져 나와
옹기종기 등을 기대며
서로의 꿈들을
이야기 하고 있는 것 같아요.

경기도 최고는
벚꽃이 만개하니
더 빛이 나네요.

※2013년 4월 20일 경기도 최고 선정자 참여자 앞에 자작 시(詩) 낭송.

사춘기

머릿속 에는
생각이란 그물이 쳐지면서
자꾸만 면적이 넓어져만 갑니다.
생각과 생각이 더 해져서
혼합 색으로 변하기도 합니다.

때론,
긍정적으로
또는
부정적으로
생각 중에 말을 시키면
퉁명스럽게 대답하게 됩니다.

같은 말 두 번하면
더욱 싫지요
나의 생각이 옳은 것 같은데
어른들과 의견충돌로
한 마디 툭, 던집니다.

장마

거의 매일 퍼부어대는
장마비속에
노란 긴 비옷을 입고
조심스레 걷는다.

언제 쏟아 졌나
주춤하더니
지면이 낮은 곳으로
빗물이 모여
작은 개울이 생겼다.

물수제비 한 번 떠볼까
하는 충동에
신발에 물이 들어오는 것도 모르고
아이들은 깔깔대며
즐거워한다.

할머니의 일기예보

무엇이 못마땅한지
날씨가 잔뜩 골이 나 있어요.
어제부터는
습하기 까지 해요.

할머니는
습기가 쫙 ~
흡수되는 것 같아
몸이 무겁대요.
물 먹는 하마인가 봐요

국지성 폭우가 곧 쏟아질 것 같다는
말 떨어지기도 전에 무섭게
굵은 빗줄기가 퍼붓기 시작하네요.

할머니 몸은 기상청 일기예보 보다 더
정확하지요.

똥

아침에 사과를 먹었어,
금 사과를 먹은 거지
잘 먹는 것도 중요하지만
내 보내는 것도 잘 해야 돼

시간이 지나고 나니
신호가 왔어
책 한 권을 들고
화장실에 들어갔지
뱃속이 비어가는 동안에
책을 보면 머릿속으로 정확하게 입력이 돼
머리가 맑아지는 느낌이거든

그리고
조용한 나만의 공간이잖아
변기 속으로
뚝, 뚝 떨어지는 소리도
편안한 느낌을 주지

밑을 들여다봤어

이만하면 됐다싶어
물을 내리면서 이런 생각도 하지
똥!
훌륭한 자원으로 쓰여 지길 바래

어!
물 따라 흔적 없이
사라져 버렸네.

소나기

난
물놀이 파도타기를 하고 놀았지
뚜 ~ 우 하고 뱃고동 소리와 함께
파도에 휩쓸려 깊고 높은 곳까지
올라갔다 내려오면
순간 자릿한 쾌감과 즐거움이
입가를 떠나지 않았어.

그러는 동안
하늘에선 태양과 구름이
기 싸움을 하고 있었나봐
햇볕이 뜨겁게 내리쬐다
그늘막이 생겨나곤 해

그러다
손가락 굵기 만한
소나기가 퍼붓기 시작한 거야
파도 타던 사람도 구경꾼도
아우성치며 건물 안으로 피했지
모두들 말없이

빗소리만 듣고 있어

그렇게 내리던 소나기는
태양에 떠밀리며
그쳐 버렸어.

생각의 차이

자연의 이치에 따라 더운 여름이
우리들에게로 다가오고 있어요.
점심시간 후엔 운동장이 푹푹 찌고 있지요.

키가 큰 사람과
키가 작은 사람 중에
누가 더 덥다고 생각할까요?

키가 큰 사람은 태양과 가까우니 더 덥겠죠.
아니!
키가 작은 사람은 지면의 열기가
다리 가랑이 사이로 올라와 더 덥데요.

우리들 생각에 차이지만
흰 양말에 누런 땀, 운동화에 물이 베어도
뛰어 노는 것은 같아요.

12살의 첫눈

내가 잠든 사이에
소리 없이 내렸다기에
아침에 눈을 떠 창문 밖을 내다보니
흔적 없이 사라졌네.

오후 수업 중에
벚꽃 잎이 바람에 쏟아지듯이
눈꽃이 탐스럽게 내려
교실이 떠나갈 듯
모두들 환호성을 지르며 즐거워했다.

밖으로 눈 맞이하러
뛰어 나가고 싶은 충동을 참으며
12살의 첫눈을 바라본다.

이불

이불을 툭툭 차내고 자는 나에게
할머니 이불을 끌어다
덮어 주신다.

내 이불은 발밑에 구겨져 있고
새벽녘엔 할머니와 얼굴을 맞대고
한 이불을 덮고 잔다.

함박눈

솜사탕 같은 함박눈이 눈앞을 가리도록
내 눈썹위로 내리더니
시치미를 뚝 떼고 그쳐 버렸다.

잠시 쉬고 잇더니
터진 베갯속 깃털 날리듯이
어깨위로 무겁게 내려앉는다.

오늘이
호랑이 장가가는 날 인가보다.

봄 II

봄은,
이른 여름이 온 것처럼
우리를 착각에 빠지게 하여
얼굴이 붉어지면서
점퍼를 벗게 한다.

그러다
싸늘한 바람이 불어
볼 살을 거칠게 하여
두꺼운 점퍼를 입게 만드는
변덕도 부린다.

변덕쟁이 봄은,
내 인내심 한계 시험을 한다.

자전거

서쪽에서 불어오는 바람 가르며
힘차게 페달을 돌리며 자전거 도로를 달린다.
앞서거니 뒤서거니 하면서,

오리가 노는 실개천 다리 위를 지나
호수공원을 빙 돌아 집으로 가는 길
서쪽바람이 어서 가라고 힘차게 밀어준다.

할머니 얼굴

볼수록 이목구비가 예쁜 우리 할머니
봄바람에 눈 밑의 가는 줄 그어지고
더운 여름 지날 땐 흘린 땀으로 그어지지만

가는 세월 억지로 외면하면서
애꿎은 봄바람 더위 탓만 하시네.

노란리본처럼 흩날리는 슬픈 봄

목련이 지고
벚꽃이 지고
해맑던 미소도 꽃잎처럼 지니,

맹골수도 바닷물은
어느 세월 마르려나,

하늘은 비가 되어 눈물 흘리고
바람은 한숨 되어 탄식을 하는데

미안합니다.
잊지 않겠습니다.
17살 너무 짧은 봄.

*2014년 4월 16일 여객선 '세월호' 침몰사고로 희생된 단원고학생들의 영혼을 위로하며,

독서

보면 볼수록
삼매경에 빠진다.

달콤한 활자에
사로잡히기도 하지만

로봇 태권V는
몇 살이나 되었을까

상상으로 소통하는
즐거움도 있다.

동네 한 바퀴

자전거를 타다가
걷기도 하면서

동네 한 바퀴
돌아보니

호수공원 실개천 흐르는 물빛은
어찌 이리 맑고 깨끗할까

은근히
기분이 좋네.

할머니의 가을

해마다 가을이 오면
돌아가신 아버지 생각이 나

할머니는
가슴을 저미는 알 수 없는 슬픔에 눈물짓곤 한답니다.

"가로지른 휴전선아!
너는 왜 망향과 분단의 설움을 모르니"

60여년 켜켜이 쌓인 낙엽은
어머니와 누이를 부르는
증조할아버지의 애끓는 그리움인 듯한데

설명,
북녘 고향 땅에 남겨진 어머니와 3명의 누이동생을 보고 싶은 마음 간절했으나 끝내 통일된 대한민국을 보지 못하고 세상을 떠나신 아버지의 애절한 심경을 증조할아버지 기일에 할머니에게 전해 듣고.

꿀

혀끝에 착 달라붙는
달콤한 맛은
저절로 눈을 감게 하고
감칠맛에 나도 모르게 탄성이 나온다.
때론
피로에 구멍 난 구내염 치유도 한다.
친구여,
너의 가슴 속 상처 난 곳에
내가 꿀 한 수저 푹 떠
발라 줄까?

졸업 즈음 눈 축제

교실 창문 밖 하늘은 잔뜩 화가 난 아이의 얼굴처럼
금방이라도 울음이 터질 것만 같이
짙은 회색빛을 띄고 있었다.

나도 친구들도
마음까지 가라앉은 듯 말수가 적어졌다.

그러다
느닷없이 눈이 내려 활력소를
안겨주기 시작하여 와 ~ 환호의 합창을 불렀다.

온도는 음수와 양수를 오가며
진눈개비로 변장했지만 우리는 운동장에 모여
신발에 묻은 진흙범벅과
바짓가랑이를 타고 올라오는 축축함도
할머니의 심한 꾸중소리도 잠시 잊었다.

우리는 그렇게
2014학년도 졸업 즈음 눈 축제를 이어갔다.

제3부

시조 모음-민들레 외 23편

민들레

들판에 노오란 꽃 얼굴이 방긋방긋
무심코 밟았어도 강하게 살아나요
민들레 홀씨되어 휴 ~ 우 퍼트려 날아가요

※2010. 5. 계남초등학교 2학년 '교내모자문예교실' 에서 처음 쓴 시조

너희는 모르지

반 친구들 모르지
문예교실 진가를

동시 시조 한수쯤
거뜬히 쓸 수 있지

너희도 엄마와 함께
배우자 글쓰기를

책 속에는

책 속에는 컴퓨터
유익한 백과사전

내용 속엔 모험과
체험기도 있어요.

상상 속 동화의 나라로
빠져들어 가 봐요.

수박은 더위 사냥

헤, 헤, 헤 여름날엔
수박이 최고이지

싹둑싹둑 수박 잘라
사각 사각 엄청 먹죠

수박아, 무더운 날씨엔
넌 정말 스타야,

소나기

변덕쟁이 날씨가
갑자기 심술 내요

원어민 가방 메고
지붕 밑에 숨지요,

소나기 언제 내렸나?
햇볕이 쨍 하지요.

수영장에서 내 모습

조끼 벗고 허우적 바둥대는 내 모습
구명조끼 입고서 둥둥 뜨는 내 모습
이번엔 친구 도와주는 구조대가 되었네,

어린동생 놀아 준 형 오빠 된 내 모습
놀이기구 재밌게 타고서는
울렁증 똑바로 못서고 빙그르 돌아가네.

※2011. 8. 계남초등학교 여름특강 동시, 시조 짓기_여름방학에 있었던 일.

서울야경

서울야경 펼치는 이층버스타고서
여의나루밤섬을 지나서 한강대교
건너니 화려한 불빛 야경이 근사하다

대교마다 뜻있는 이름 지어 부르고
한남대교 돌으니 물속으로 잠긴 듯
풍경을 눈 속에 담고 집으로 돌아간다.

※2011. 7. 23. 밤 서울야경 이층버스를 타고서.

멀미

소풍가서 좋은데 마음속이 불편해
울렁울렁 차멀미 걱정이 이만저만
버스를 올려다보니 미리부터 멀미나

멀미약 챙겨먹고 좌석에 앉고 보니
머리는 어질어질 숨 한번 길게 쉬다
아뿔사 토해버렸네 선생님 죄송해요.

※2010. 2학년 봄 소풍 때, 버스에서 구토해서 서몽룡 선생님을 힘들게 했던 기억 속에서.

배추 흰 나비

배추 잎 먹고 자란 초록색 애벌레야
우리 들 소리 듣고 쑤욱쑥 크는 구나
어느새 나비되려고 번데기 집 지었네

푸른 잎을 먹는데 하얀색 나비일까
나비는 변신하는 마술사 인가보다
나비야 배추흰나비야 보고 싶다 나오렴.

※2011. 6. 23. 과학_동물의 한 살이 수업 중, 자라는 과정탐구

송편

단호박 물들여서
노랗게 반죽하고

흑미 섞어 포도색
색깔 내어 소 넣고

조물락 멋진 모양 부려
푹쪄 꿀 ~ 떡 먹지요.

가을풍경

하늘에는 구름이
멋진 그림 만들고

나뭇잎은 물들어
변해가고 있어요,

풀 속에 보이지 않는
벌레소리 들려요.

몽당연필

필통 속엔 키다리 연필이 누워있지
멋지게 뽐내더니 키가 점점 작아져
그래도 지식을 쌓게 도와주니 고마워

수업시간 공책에 열심히 기록하고
독서하고 감상문 하루일과 일기장
쓰다가 깎고 또 깎아 몽당연필 되었네.

이불

폭폭 찌는 여름 밤 무엇이 시원 할까?
감촉이 까실 까실 모시 이불 최고지
열대야 멀리 물러가버려 스스로 잠이 오죠.

일기예보 시간에 춥다고 방송을 해
추운 날엔 따뜻한 이불속이 최고지
포근한 할머니품속 같아 꿈나라 여행하죠.

엄마는 공연 중

엄마는 오필리어
햄릿의 여자친구
사랑은 영원할 것
같지만 변했네요.

지금은 전국을 다니며
공연 중 이랍니다.

시험

시험은 내일 모레 마음만 바빠져라
범위도 못 나가고 이해조차 힘들어
각도기 빙빙 돌려보며 알았다 이거구나

식물의 한 살이를 관찰하려 강낭콩
심었는데 햇볕이 안 들어 볼 수 없네.
책속에 길이 있으니 책보고 공부하자.

사물놀이

영남의 사물놀이 나는요 북 쟁이야
장단에 빠져들어 흥겹게 치다보면
어느새 검지손가락 물집이 잡혀있네

흰 민복에 검정색 반 저고리 삼색 띠
어깨에 둘러메고 나비로 모양내어
접으니 멋들어지게 폼 한 번 보기 좋네.

팥죽

할머니는 팥죽을
너무너무 좋아해

새알심 호호 불며
맛있게도 드신다.

한 그릇 뚝딱 비우고
입가에 미소를 짓는다.

전교부회장 씨

나는야 계남의 정직한 부회장 씨
우렁찬 목소리로 진솔하게 외쳤지
학생이 행복할 수 있는 학교를 만들자고,

나는야 계남의 유명한 부회장 씨
화려한 인맥으로 그들이 지지했지
봉사로 남을 배려하며 솔선수범해야지,

나는야 계남초의 용감한 부회장 씨
끼 많은 나의 장기로 웃음을 선사하지
학생이 행복할 수 있도록 웃음꽃 피워보자.

김치

김치는 우리나라 특유의 대표음식
한국인 식탁에서 빼 놓을 수 없지요
한국의 채소절임식품을 흉내 낼 수는 없지

신라고려시대에 무김치 개발되고
젓국에 고추 넣고 갖은 양념 방법은
조선의 궁중에서부터 백성에 알려졌지

발효식품 즐기는 우리민족 중국의
샤스 따위 무시해 타고난 면역력
최고야 숙성발효 된 음식 자부심을 갖자.

문수골

반달곰이 산다는 지리산 봉우리로
폭염이 오기 전에 서둘러 어서가자
상큼한 바람 냄새에 코끝이 시원하다.

문수골 계곡물이 청정하게 맑아서
송사리 노는 모습 신기해 두 손으로
살며시 건져보다가 제자리에 놓아준다.

인적 없는 산속에 물소리만 들리고
바위를 베개 삼아 기대어 몸 담그니
신선이 따로 없구나 집으로 가기 싫다.

한가위

소원을 빌어보자 보름달을 바라보며
두 손을 합장하고 두 눈을 꼭 감고서
희망이 담겨있는 마음을 달에게 전해보자

소원을 말해보자 후광을 비춰주는
달에게 나의 열정 집념을 소리 높여
함성이 전해질 수 있도록 기를 모아 보내자.

사춘기

이런 저런 생각이 머릿속에 맴돈다.
때로는 우울해져 말하기도 싫어요.
인상을 찡그렸다 어른인 척 해본다.

이마에 울긋불긋 여드름이 돋는다.
코밑에 솜 털 같은 수염이 자라나고
목소리가 변하니 지금이 사춘긴가.

갑오년 한가위

갑오년 한가위는 하절기 명절이야
차례음식 상할까 애타는 할머니는
조석에 부는 찬바람에 안도의 숨을 쉰다.

고향 간 빈자리에 적막한 조부모는
부모생각 그립다 눈시울 적시는데
모른 척 용돈타령만 철없이 늘어댄다.

묘시에 창문 넘어 거대한 보름달에
희망과 꿈이 담긴 소원편지 전하고
가족들 둘러앉아 송편 한 입 깨어 문다.

허니 버터

입맛을 돋게 하는 감자칩 출시됐다
소문이 자자하여 편의점 돌아도
냉정한 주인장한마디 날 초라하게 만든다.

언제쯤 들어올까 요일을 기다려도
새벽녘에 머물다 잠시 뒤 사라지니
날개가 달렸을까 그 맛이 궁금하다

일찍이 마음 접고 레시피 펼쳐놓고
꿀 버터 살살 녹여 감자 칩에 베이면
파슬리 얹어 먹어보니 입안이 행복하다.

제4부

체험학습보고서 및 자기주도적학습보고서 등

민족시인 수주(樹州) 변영로(卞榮魯) 재 탐구

변영로의 사상, 업적, 사회에 끼친 영향, 본받을 점 등, 민족시인 수주(樹州)변영로(卞榮魯)란 인물이 한 세대를 어떻게 이끌고 갔는가? 에 관하여 재 탐구하여 정리한다.

① 정의
일제 강점기 부천지역에서 활동한 문학가

② 개설 수주(樹州) 변영로(卞榮魯)는 1898년 5월 9일 서울 종로구 가회동에서 중추원부참의를 지낸 아버지 정상, 어머니 강재경 사이에 3남으로 태어났다.

태어난 곳은 서울이지만 부천에서 어린 시절을 보내면서 문학의 꿈을 키운, 부천시를 대표하는 시인이다. 1961년 3월 14일 인후암으로 별세 하였다.

부천시 오정구 고강동의 변 씨 문중 선산에 변영로와 형제들, 부모와 조부모의 묘가 있다. 호 수주(樹州)는 고려시대 부천의 이름으로 조상이 살아 온 고향의 옛 이름을 호로 삼았던 것이다. 변영로(卞榮魯)의 본명은 변영복(卞榮福) 이다,

③ 활동사항 서울 재동 보통학교를 거쳐 1910년 중앙학교에 입학했으나 1912년 졸업을 앞두고 퇴학당했다.1925년 조선기독청년회학교 영어반을 6개월 만에 수료하였고, 1918년 모교인 중앙학교 영어교사가 되었으며, 이때 명예 졸업생으로 졸업했다.

1929년 3·1운동 때는 독립선언서를 영문으로 번역해 해외에 발송하 일을 맡았으며, 1920년에는「폐허」의 동인으로 문단활동을 시작했다.

1923년 이화여자전문학교 강사로 영문학과 조선 문학을 강의했으며,1931년 미국 캘리포니아 주 산호세 대학에 입학해 2년 동안 공부했다.

1933년 귀국하여 동아일보사 기자,「신가정」주간,「신동아」편집장 등을 역임했으며, 문우회관(文友會館)을 운영하기도 했다.

1946년 성균관대학교의 영문학과 교수로 취임했다가 1955년 불감(不感)과 부동심(不動心)이'선성모욕'(先聖侮辱)이라는 필화사건으로 사직했다.

1954년 국제 펜클럽 한국본부 초대 위원장을 역임했으며, 이듬해 오스트리아 빈에서 열린 국제 펜클럽 대회 한국대표로 참가했다.

④ 저술 및 작품

1921년「신천지」에「소곡 5수」를 발표한데 이어「신생활」,「동명」등에 여러 작품을 발표하면서 본격적인 창작활동을 시작했다.

1924년에 펴 낸 시집「조선의 마음」으로 한국문단에서 주목받는 시인으로 부상했다.「폐허」의 동인이면서도「백조」류의 낭만성 짙은 작품을 발표한 그는 비교적 건강한 서정성과 민족정신을 드러내고 있다.

우선,

그의 아름다운 서정성은 초기의 자유시들과 후기의

시조들에서 볼 수 있다. '나즉하고 그윽하게 부르는 소리잇서 / 나아가 보니, 아 나아가 보니'로 시작되는「봄비」(신생활, 1922.03.)와'생시에 못 뵈올 님 을 꿈에나 뵐 가하여 / 꿈 가는 푸른 고개 넘기는 넘었으나'로 시작되는「생시에 못 뵈올 님」(폐허 이후, 1924. 01.)등 초기 시에 나타나는 연이나 행의 반복에 따른 표현의 기교와 음수율로 인한 음악적 요소의 강화는, 후기에 와서 시조「고흔산길」(시 문학, 1930. 05.),「곤충 9제」(문장, 1941. 04.)를 통해 더욱 정제되고 세련된 모습으로 나타난다.

특히,

서정적 가락과 민족애가 함께 어우러진「논개」에서는 상징과 은유, 그리고 '아, 강낭콩 꽃보다도 더 푸른 / 그 물결 위에 / 양귀비꽃보다도 더 붉은 / 그 마음 흘러라'라는 붉음과 푸름의 회화적인 색채대비를 통해 민족에 대한 일편단심을 노래하고 있다.

논개에 대한 찬양은 변영로 자신의 민족애를 반영한 것으로, 민족혼(魂)의 되새김을 통해 좌절을 극복하려는 의지를 보여준다.

한 편,「논개」와 주제 면에서 일치하는「조선의 마음」에서는 당대의 현실 속에서"조선의 마음을 어대가 차즐

까?"라는 화자의 간절한 마음을 직설적으로 표현해 민족적 울분을 대변하고 있다

1930년을 기점으로 해 전통문화의 계승과 전통문학 부흥운동을 시조창작으로 구체화 했다. 그러나 1940년대 활동이 저조했으며, 1950년대에는 주로 수필을 썼다. 수필집「명정 40년」(1953.)은 그의 솔직한 심정과 풍자, 해학, 기지를 엿볼 수 있는 작품집이다.

그 밖에 평론으로, 「메테를링크와 예이츠의 신비사상」(폐허, 1921. 01), 「종교의 오의」(奧義)」(신천지, 1921. 07.)등을 발표했으며, 시집으로「수주시문선」(樹州詩文選)」(1959.)「차라리 달 없는 밤이 드면」(1983.) 등을 발표했으며, 수필집으로「수주수상록」(1954.)「명정반세기」(1969)등이 있다.

⑤ 상훈과 추모

1949년 제 1회 서울특별시 문화상을 받았다.

1996년 12월에 부천중앙공원에「논개시비」를 건립하였다.

1997년 한국문인협회에 의해 '수주가 살던 곳 기념푯돌' 을 건립 하였다.

1998년 변영로 묘소 앞에 '수주탄생 100주년기념비' 가 건립되었다.

1999년 부천시에서 수주(樹州) 변영로(卞榮魯)의 올곧은「시」정신을기리기 위해 전국 규모의 수주문학상을 제정하였으며,2004년에는「수주문학」이 창간되었다.

2005년 한국작가회의 부천지부 주관으로, 제 1회 수주문학제가 개최 되었으며. 2006년에는 부천시 오정구청 주최로, '제 1회'수주청소년「시」백일장' 이 개최 되었다.

2013년 8월 수주청소년문학상 운영위원회 주관으로 부천의 시인이신 수주 변영로 시인의 '시 정신과 문학정신'을 계승 발전시켜 청소년들에게 민족혼과 나라사랑의 정신을 이어받게 하고, 문학적 소양을 가진 인재를 육성하기 위해 '제 1회 수주 청소년 문학상' 을 제정하여 공모하였다.

※인물에 대해 참고 및 인용한 자료

①「부천시사」(부천시사편찬위원회,2002.)

② 한국역대인물종합정보

③ 다음 백과사전(브리태니커)

④ 네이버 백과사전(두산백과)

▣ 부천의 시인 수주(樹州) 변영로(卞榮魯)님 에 관한 재 탐구는 가족과 함께하는 과제로 정하였으며, 과제물정리 및 보고서 작성에는 많은 부분 할아버지와 함께 하였습니다

아름다운 가치「경기도 최고」
최연소 문집발간

경기도는 세계 · 국내 ·도 내의 최초(最初) · 최고(最古) · 최대(最大) ·최다(最多) ·최소(最少)등의 가치를 지닌 경기도의 자랑거리를 모아「경기도 최고」를 인증하고 있습니다.

경기도에서는 최고의 가치를 지닌 유 · 무형의 자산을 「경기도 최고」로 선정하여 인증서를 수여합니다.

부천시민으로서는 유일하게 아름다운 가치, 자랑스러운 도민 '최연소 문집 발간'「경기도 최고」에 선정되어 이재율 경기도 경제부지사로 부터 인증서(상격 - 경기도지사)를 수여받았습니다,

또한, '희망과 열정으로 아름다운 가치' 를 만든 인증서 수여식 선정자분들과 참여자분들의 큰 박수를 받으며「벚꽃」이라는 '自作시낭송' 으로 보답하였습니다.

제 2013- 02호

인 증 서

부　　문 : 최연소 문집발간
이　　름 : 김 도 헌
주　　소 : 부천시

2013 「최고기록 경기도민」으로 인증합니다.

2013년　4월　20일

경기도지사　김　문

부천탄생 100주년 기념
"자랑스러운 부천의 100인"선정

문예부문 '화제의 인물' 계남초등학교 김도헌 군 부천시민헌장 낭독!

"일찍이 선사시대부터 살기 좋은 삶의 터전을 다져온 우리부천은 유구한 역사와 아름다운 예술 혼이 가득한 사람중심의 문화도시이다. 이에 우리는 부천시민임을 자랑스럽게 여기며 길이 후손에게 물려줄 명예로운 도시의 숭고한 가치를 되새겨 다함께 실천한다."

-부천시 시민헌장 이하생략-

부천탄생 100주년 기념 '자랑스러운 부천의 100인 화제의 인물'로 선정되어 부천시민헌장을 낭독한 김 군은 초등학교 3학년에 재학 중이던 10살이라는 어린 나이로 '강아지 꿈(isbn 978-89-97515-00-4 03800)' 이라는 개인문집을 발간(2012년 1월 20일 초판 1쇄 발행)하여 화제를 모았으며, 부천시민으로서는 유일하게 2013년 아름다운 가치, 자랑스러운 도민 "최연소 문집발간 경기도 최고"에 선정되어 인증서(상격/경기도지사)를 수여 받음으로 각종 언론으로부터 문학영재라고 화제가 되기도 하였다.

김 군의 문집은 인쇄 1, 2쇄 모두 비매품으로 출판하여 경기도교육청 관내, 도서, 벽지, 오지, 접적지역학교, 분교 및 경기도립중앙도서관 등 11개 도서관, 경기도부천교육지원청 관내 62개 초등학교, 부천시립 8개 도서관 및 이동도서관, 부천공립 작은 도서관 14곳, 부천문화재단 동화기차 어린이도서관, 부천 펄벅 기념관, 부천 계남초등학교 돌봄 교실, 심원초등학교 돌봄 교실 등에 나눔 실천으로 기증하였다.

자신에게는 철저하고 타인에게는 관대한 성품으로 미래의 '리더자'가 될 소양을 가지고 있는 김 군은, 2013년 부천시 승격 40주년 '부천사람들'에 출연, 부천의 대표시민으로서 꿈과 신뢰를 전해주었으며, "부천탄생 100주년"을 맞아 부천의 100년 역사를 상징하고 시민의 자부심을 높이기 위해 마련한 '부천탄생 100주년 기념 자랑스러운 부천의 100인'에 선정되어 부천시장(시장 : 김만수)으로부터 인증서와 메달을 수여받고, 소감발표와 부천시민헌장을 낭독하게된 것을 계기로, 미래의 직업으로 사회정의를 구현하는 검사가 되겠다는 다부진 포부를 밝히며, 자랑스러운 부천에서 꿈을 이루는 어린이가 되겠다고 말했다.

- 경인예술신문 2014/ 10. 03. 20:58:36 기사인용 -

제14-010-0122호

인 증 서

문예부문

김 도 현

귀하는 부천탄생 100주년을 맞이하여 문화도시 부천의 자랑스러운 100인으로 선정되었음을 인증합니다.

2014년 10월 2일

부 천 시 장 김 만 수

방문체험학습보고서

육군사관학교 /2014. 10. 31.

▣ 육군사관학교 방문체험활동순서

- 육군사관학교 방문 도착확인 / 인원점검
- 육군사관학교 박물관 견학
- 故 강재구 소령 동상 추모
- 재구상 시상식 참관
- 생도화랑의식 참관
- 생도분열의식 참관

▣ 방문 시, 배운 점

육군사관학교는 우수한 교수진과 최첨단 교육시설, 전공교육의 다양화, 미래전장 환경에 부합하는 교육제도를 갖춘 정예장교를 육성하는 특수목적대학 이라는 것을 알게 되었다.

▣ 방문 후, 배운 점

육군사관학교는「국가와 군을 위해 헌신하는 정예장교」를 양성하기 위한, 인성(人性)을 중시하는 명문 사관학교라는 것을 알게 되었다.

▣ 방문 후, 느낀 점

가슴엔 조국을, 두 눈은 세계로! 향하는 육군사관생도의 꿈과 나의 꿈[검사,檢事], 나의 목표를 이루기 위한 하버드 로스쿨을 향한 관문이라 여기며, 동기부여를 목적으로 방문한 육군사관학교는 '자신에게는 철저하며, 타인에게는 관대한 리더자' 로서 나아가야 하는 이유를 알게 한 매우 유익한 방문이었다.

▣' 2014년 재구상' 시상식은.

사관생도와 학교관계관, 수상자 및 수상자 가족들이 참석한 이날 시상식에는 전 육군에서 선발된 14명의 모범 중대장이 재구상을 받았다.

고(故) 강재구 소령이 순직한 이듬해인 1966년, 육군본부 차원에서 제정된 재구상은 금년으로 39회째로 발군의 지휘통솔력과 희생정신을 발휘한 군단급부대 최우수 전투중대장을 선발/시상하며, 수상자들에게는 육군참모총장 표창과 함께 3박 4일간의 부부동반 제주도 여행의 특전이 부여된다.

고(故) 강재구 소령(육사 16기)은 월남파병훈련 중이던 1965년 10월 4일, 한 병사가 실수로 떨어뜨린 수류탄에 자신의 몸을 던져 수많은 부하들의 생명을 구하고 장렬히 산화한 살신성인의 표상이다.

이날, 재구상 수상 중대장들은 故 강재구 소령 동상에 헌화한 뒤 육사 기념관에 전시되어 있는 강재구 소령의 유품과 발자취를 둘러보면서, 고인의 군인정신을 본받을 것을 다짐했다고 한다.

이미지 출처 : 육군사관학교 < http://www.kma.ac.kr/

자기주도적학습보고서

소　　속	계남초등학교 제 6학년 4반 1번　김도헌
주　　제	교과학습능력향상, 올바른 독서습관이 답이다!
동　　기	화환상적어홀미(禍患常積於忽微) 삼상지학(三上之學)탐구
장　　소	가정학습, 부천시립 꿈 빛 도서관 함께 한사람 – 할아버지, 할머니, 나
학습한내용	교과학습능력향상 / 올바른 독서습관 책을 읽는 즐거움과 올바른 독서습관을 기른다. 더불어서 주요교과 학습능력을 향상시키기도 병행한다.

책을 읽는 습관은 스스로 공부를 잘 할 수 있는 밑바탕이 되기 때문이다. 독서에 흥미가 높고 독서 경험이 풍부한 어린이, 독서습관이 제대로 형성된 어린이는 수업 또는 봉사활동 등 각종활동의 참여도가 매우 높으며, 자기 주도적으로 진행하려는 태도가 강하게 나타난다고 한다.

이는, 독서를 통해 사고력이 발달되고 생각의 폭을 확장함은 물론, 사고의 기틀을 마련하는데 이런 것들이 자기주도적인 학습능력 향상으로 자연스럽게 연결되기 때문이다.

또한, 자기주도적학습의 개별적요소인 학습에 대한 적극성이 높아지고, 긍정적, 객관적인 사고로 자신을 파악 할 줄 알게 된다. 더불어 학습능력에 대한 자신감도 갖게 되며 자신만의 학습방법에 대한 믿음과 학습주제에 대한 다양한 접근법을 생각해 내는 창의성까지 발휘하게 된다. 자신만의 사고 체계 속에서 새로운 의미를 창조해 내며 무한정보와 지식을 얻는 것이다.

나의 꿈을 이루기 위해서 교과학습 능력향상, 올바른 독서 습관이 답이다!

화환상적어홀미(禍患常積於忽微)
재앙과 환난은 항상 하찮게 여겼던 것이 쌓여서 생긴다.

사람이 큰 돌에 걸려 넘어지는 경우는 별로 없으며, 대부분은 하찮게 여겼던 작은 돌에 걸려 넘어진다.

큰 돌은 눈에 잘 띄기 때문에 미리 조심해서 피해 가지만, 작은 돌은 눈에 잘 띄지 않기 때문에 살피지 않다가 그 돌이 걸려 넘어지게 된 다는 것입니다.

이는, 하찮게 여겼던 작은 습관이 낙석이 되어 자신의 위기와 실패로 이어진다는 것입니다.

구양수의 말을 소개한 이는 구양수의 효율적인 시간 관리법 三上之學(삼상지학)을 제시하는데,

책을 읽거나 생각하기 좋은 배움의 장소는 "삼상지학(三上之學)"이라고 말 합니다.
마상(馬上) - 말을 타고 갈 때,(이동할 때)
침상(枕上) - 잠자리에 있을 때,
측상(厠上) - 화장실에 있을 때, 그 것입니다.

평소 하찮게 여기는 자투리 시간을 잘 활용하면 훌륭한 사람이 된다,는 이야기입니다.

- 끝 -

제독서2014-0006호

완주 인증서

풀코스

부천시 원미구 소향로 227

김 도 헌

위 사람은 부천시 제1회 독서마라톤 대회에 참가하여 완주하였음을 인증하며, 2015년 1년간 부천시립도서관 다독자로 선정되었기에 이 증을 드립니다.

2014. 11. 9.

부천시장 김 만 부천시장인

제5부

김도헌 단편 창작 동화

<김도헌_단편창작동화>

'미리내 행복동이들'

내가 다니는 학교 후문 쪽 미리내 마을 화단 이곳저곳에는 봄을 알리려고 새잎이 돋아나기 시작하며 목련을 피우기 위해 꽃봉오리가 맺히려고 한창 준비 중이다.

중학예비학년인 6학년 새 학기가 시작되었다. 뽀송뽀송한 아기 피부로 학교라는 배움터에 입학한지 어느새, 몇 아이들을 제외하고는 훌쩍 자란 키와 성장호르몬의 영향으로 신체적 변화를 나타내는 변성기와 얼굴 일부분을 여드름이 차지하며 청소년이라는 이름으로 자리를 잡아가고 있다. 남자아이들은 코밑 솜털이 거무스레한 수염으로 변하기 시작한다.

지난 여름방학 때 찬영이, 윤수, 민구, 경필이 그리고 나는 할아버지, 할머니 인솔로 강원도 홍천 비발디파크오션월드에 놀러갔었다. 찬영이는 5학년 때 같은 반으로 수학여행 가서 한방에서 잠을 잤다. 나는 집을 떠나 홀로 잔 경험이 전혀 없으며 할아버지, 할머니, 엄마 등 가족을 떠나 낯선 곳에서 잠을 잔다는 것 자체가 나에겐 모험이며 한편으론 두렵고 무섭다는 말에 내 손이 아프도록 꼭 잡고 “나도 무서우니까 같이 손잡고 자자“ 라고 말해주어 편히 잠을 청할 수 있게 해준 고마운 친구이며, 수줍은 듯 조용하고 차분한 찬영의 오션월드놀이기구 무한탑승은 새로운 도전에 살짝 긴장하지만 하강을 마치고 나면 이루어냈다는 자신감에 또 다른 기구에 거침없이 도전하는 참, 아름다운 모습의 친구이다.

오션월드에 가기 위해서는 오전 6시 40분 까지 셔틀버스를 탑승해야 하기 때문에 서둘러 일어나 익스프레스 앞에서 6시에 만나기로 했다. 그러나 설렘 탓인지 깨우지 않아도 친구들 스스로 일찍 일어났다고 한다. 윤수는 멀미할 거 같다며 셔틀버스를 타자마자 잠을 잤다. 윤수는 할아버지와 성과 파가 같다는 이유로 특별대우를 받는다. 가문과 족보를 무척이나 따지시는 할아버지는 항렬이 낮으므로 윤수가 할아버지뻘이 된다고 하신다.

놀이기구 탑승에 주저하는 모습은 간데없고 당당했던 윤수! 그러나 처음 탑승했던 6인용 슈퍼S부메랑고 체험에서 빙빙 돌며 튕기듯 하강 하는 때가 생각이 나는 듯. 귀가하는 셔틀버스 안에서 잠깐 잠든 사이 ‘돌아요, 돌아! 자꾸 돌아가요’ 라며 잠꼬대를 해 같이 앉은 할아버지를 웃게 한 윤수!

오션월드로 출발할 때만 해도 비가 많이 와서 내심 걱정을 했는데 도착을 하니 언제 비가 왔었냐는 듯 맑게 개이고 덥기 까지 했다. 도착을 하자마자 할머니께서 새벽 4시부터 일어나 준비하신 도시락, 주먹밥 등으로 아침식사를 마치고 오션월드에 입장하면서 최소의 시간 안에 최대한 즐기기로 완벽한 계획을 세우고 할아버지 포함 우리 6명의 남자들은 맨 먼저 슈퍼S라이드를 신나게 타고 내려왔다. 그러나 비상사태가 발생했다,

지난 해, 여름방학 '캐리비안 베이' 에서 이루지 못한 슈퍼부메랑고 탑승에 기필코 도전하겠다고 공언했던 민구! 할아버지와 5명의 친구들이 함께 탄 슈퍼S라이드를 체험하고 난 후, "난 오래 살아 부모에게 효도해야 하는데 슈퍼부메랑고를 타면 염라대왕을 만나기도 전에 죽는다고, 부모에게 효도할 기회를 줘야 하지 않느냐," 는 말 같지 않은 우격다짐! 으로 이후의 모든 놀이기구 탑승을 거부한 민구! 할아버지는 민구의 엉뚱한 이유 같지 않은 이유에 그냥 넘어갈 분이 아니다, 할아버지 말씀 왈, "남자는 담력이 있어야한다, 그래야만 가정도 지키고, 가족도 지키고, 내 조국 내 나라 대한민국도 지킬 수 있는 용기가 생긴단다. " 라며 민구를 달랬으나 민구는 한술 더 떠 "할아버지 저는 살아서 집으로 돌아가야 해요, 저는 장남이면서 장손이기 때문에 조상님들 제사를 모셔야 해요, 부모님보다 먼저 죽는 불효

자는 되기 싫어요, 꼭, 기필코 살아서 돌아가야 해요“. 라는 민구의 놀이기구 탑승거부 강력투쟁에 할아버지는 껄껄 웃으면서 다른 아이들이 눈치 채지 않게 민구의 팔을 슬쩍 당기며 ‘민구야, 그럼 애들 눈치 채지 않게 슈퍼부메랑고 타는 계단 위 끝까지 올라갔다가 놀이기구 탑승직전에 슬쩍 내려가라,” 라고 말씀하셨다. 할아버지가 강요하지 못하도록 설득력 있는 괴변을 창안한, 대한민국 효자만이 할 수 있는 멋진 핑계인 것이다.

언제부터인가 민구는 아빠의 면도기로 면도를 한다고 한다. 4학년 때 같은 반 이었던 민구는 당시 꽤나 개구쟁이였으며 장난도 심할 뿐 아니라 욱! 하는 성격으로 친구들과 싸움도 잦았다. 그러나 6학년이 되면서 성격도 온순해지고 부쩍 커버린 키에 맞추어 목소리도 굵은 톤으로 변했다. 급하고 참지 못하던 성격도 조금씩 기다리며 참기도 하며 약간 이기적인 면도 사라지면서 친구를 이해하고 배려하며 양보하는, 그러면서 능글능글하니 어른처럼 변해간다. 1년 반 전쯤 만해도 목욕탕에서 만나 홀랑 벗고 냉탕 속에서 물안경 쓰고 깔깔거리며 마치 수영장인 줄 착각하고 놀던 원초적인 친구였다. 각자의 방과 후 일정으로 만나는 횟수는 줄었지만 축구라는 운동을 매개로 3학년 때부터 방과 후, 토요축구를 함께하며 지금까지 이어오고 있다.

내 친구 중에는 늘 시끄럽고 요란스러운 경필이가 있다. 우리 할머니는 늘 수다스러운 경필이에게 종달새라고 부르신다. “종달새, 입 좀 다물어!” 내 귀가 멍멍해져 기억력이 상실 돼! 먹는 것이 코로 들어가는지 입으로 들어가는지 모르겠어, “ ”아무튼 너는 물에 빠져도 물 위로는 안 뜰 거야, 물고기하고 이야기 하느라고... “ 아니나 다를까? 남을 즐겁게 하는 데는 탁월한 재주를 지닌 대한민국 '슈퍼 웃김이' 경필! 그의 말과 행동은 할아버지를 마냥 즐겁게 해준다. 슈퍼부메랑고, 슈퍼S라이드, 패밀리 레프트슬라이드 등을 탈 때 마다 ”할아버지, 나 좀 살려주세요, 엄마 좀 불러주세요! 오늘따라 왜 이리 엄마가 보고 싶나, “ 으악~으악~ 하면서 놀라는 표정연기와 음향효과는 가히 일품이다. 그러나 하강 후에는 심장이 떨어져 나갔다가 다시 붙었다는 둥 저 혼자만 다 한 것처럼 으쓱대며 탑승의 기쁨을 호들갑스럽게 떠들어 댄다.

경필이는 이따금씩 엄마에게 매를 맞는다. 매사에 엄마마음에 들지 않는 행동을 하기 때문일 것이다. 같은 말을 여러 번 해도 듣지 않고 부산을 떨며 집중하지 않으며 반복적인 지적에도 불구하고 건성 듣고 실천하지 않는다는 이유이다.

참다못한 경필이 엄마는 화산이 폭발하며 흘러내리는 용암처럼 거침없는 폭력을 자행한다. 심하게 매를 맞은 경필이는 언제 그랬냐는 듯 우리 집에 와서는 엄마의 폭력상대였던 당시 상황을 유머를 섞어 설명을 한다. “우리 엄마는요 감정조절이 안되나 봐요,” 하면서 거실 끝에서 날듯이 뛰어올라 소파에 앉아있는 경필이를 향해 이단 옆차기로 팍! 맞는 순간 겁이 난 경필이는 “어머니, 왜 그러세요, 살려주세요,” 하니까 “뭐~! 살려줘~, 너 잘 만났다” 는 식으로 무차별적으로 채이고 밟혔다는 패잔병의 쓰라림을 토하며 ‘정말 아팠어요, “ ” 엄마를 아동폭력으로 신고할까 봐요, “ 라고 너스레를 떨기도 한다. 경필이가 맞았다는 아픔보다는 그럴 듯한 제스처를 섞어가며 익살스럽게 풀어놓는 입담에 모두 깔깔대며 웃는다.

얼마 전 식당에서 저녁을 먹는데 또, 매 맞은 이야기를 늘어놓는 경필이는 “엄마가요, 일단 내 머리채를 휘어잡고 잘질 끌고 가 침대 구석으로 내동댕이치고는 엎어져 있는 나를 사정없이 밟았어요, 진짜 아파요, 그래서 그런지 요새 허리가 자주 아파요,” 라고 하면서 “경찰에 엄마를 아동폭력으로 신고를 했는데 그건 폭력에 해당 안 된다,” 고 경찰관아저씨가 말 했어요, 라는 말에 웃음 난리법석이 나기도 했다.

경필이 엄마는 힘이 넘쳐나는 것 같다. UFC 링 위에서 이종격투기 시합을 하신다 해도 전 게임 무패완승을 이룰 법 하다.

우리 할아버지, 할머니는 어떠한 폭력일지라도 절대 금물이라며 여러 차례 경필이 엄마에게 말씀하신다. 할머니는 경필이 엄마를 만날 기회가 될 때마다, "숙○야! 애 좀 그만 때려," 비 오는 날이면 애가 삭신이 쑤신다더라, " 고 말씀을 하시곤 한다.

'매' 하면 기찬이도 만만치 않다. 기찬이가 매 맞는 이유 또한 경필이와 비슷하다.

기찬이 엄마 역시 말로 해서는 안 되니까 매를 든다는 것이다. 문제는 경필이와는 다르게 폭행의 도구가 옷걸이라는 것이다. 홈쇼핑에서 구입한 옷걸이라고 하는데 본 적은 없다. 한 번은 기찬이가 매 맞은 흔적을 보았는데 거미줄을 촘촘하게 쳐놓은 듯 허벅지가 시퍼렇게 멍이 들고 부어 있었다. 이해가 되지 않는 우리 할아버지는 기절초풍 할 노릇이라며 기찬이 엄마에게 자녀교육과 체벌에 대해 조목조목 설명하시며 이해를 시킨다. 기찬이도 경필이도 할아버지, 할머니가 계신 우리 집이라는 피난처가 있음을 꽤나 다행으로 여기는 것 같다.

경필이 엄마, 기찬이 엄마는 매우 좋은 분들이다. 인정도 많으시며, 특히 나를 믿어주시며 요즘 세상에서는 드물게 참된 모범생이라며 내 의견을 기꺼이 경청해 주신다.

'매' 란 감정이 없어야 하며, 깨우칠 수 있도록 회초리 개념으로만 사용되어야 할 것이다.

중국 옛 성인 중「맹자」는 인간의 본성은 나면서부터 선한고 도덕적인 감정을 갖고 있다, 고 했다. 어떻게 교육하느냐에 따라 사람의 인성(다른 사람과 구별되는 사고(思考)와 태도 및 행동의 특성)이 달라진다고 한다.

경필이도, 기찬이도, 부모님들도 서로를 아끼고 사랑하며 평행적으로 이루어지는 가족관계를 유지하며 균형을 갖기 위해 노력 한다는 것을 알 수 있다. 비록 때리고 매를 들고 했을지라도 돌아서서는 가슴이 저며 오는 아픔에 눈물을 흘리신다고 한다.

기찬이 엄마는 내가 이해 못하는 독특한 성향을 지니신 분이다. 인정도 많고 우리들에게 무엇이든 사 주려고 하는 의도는 좋으나 먹고 싶지 않은데 억지로 강요하면서 먹게 만든다. 고집과 개성이 유별난 것인지, 아니면 무작정 단순한 것인지 대체 알 수가 없다. 그러면서도 논리적인 대응에선 나를 이겨본 적이 없다. "요새는 어떻게 하면 니하고 말싸움해서 이겨 볼까? 생각 중이다" 라며 경상도 특유의 억양으로 말씀하신다.

같은 경상도 분인데 살갑게 말씀하시는 경필이 엄마

와는 다르게 억양이 강하고 목소리도 크다. 목소리 크다고 이기는 것도 아닌데...

나를 아는 어른들께서 완벽하다고 늘 칭찬하는 나에게도 시끄러운 적이 여러 번 있었다.

어느 때부터인가 사사로운 일에도 예민해지면서 내가 신뢰하며 믿었던 분들에 대한 실망감, 정의(正義)가 바로 서야 할 사람들의 새빨간 이중성, 매스컴을 장식하는 부정(不正)한 인사들의 행태가 나를 황당하게 만들었으며 '나의 목표, 미래에 대한 많은 생각' 을 하게 했다.

그러면서 할아버지, 할머니께 공손하지 않았으며, 말대답을 하는 등 나답지 않은 행동을 함으로써 정의와 불의를 분명히 구별하는 할아버지로부터 "야! ××야, 너 혼자 다 컷냐? 너 뭐하는 ×××야!" 라는 불호령과 특수전에 익숙한 할아버지의 공격적인 액션에 금방 꼬리를 내리면서도 입이 잔뜩 부어있는 적도 많았고 팅팅거리기도 하였다.

할머니는 나이가 들면서 점점 더 성격이 급해져 여러 번 참다가는 한 번씩 폭발한다, 경필이 엄마처럼... "야! 김도헌, 사춘기란 성장과정에서 나타나는 성장호르몬

분비로 신체적인 변화가 있는 때이지 팅팅 거리며 말대답하라고 있는 게 아냐, 알았어?" 말 끊어짐 없이 높고 강력하게 경고를 한다.

이러기를 반복하다보니 할머니의 포악? 함은 이루다 말할 수 없을 지경이며, 이럴 때마다 내 편이 되어주는 할아버지와 나는 깨갱~ 하며 꼬리를 감춘 강아지 모양 숨도 제대로 못 쉬고 할머니 눈치를 살살 보며 할아버지는 설거지하러 가고, 나는 책 한 권 집어 들고 2층으로 올라간다. 할머니는 아픈 곳이 많아졌다며 오래 살지 못 할 거라고 입버릇처럼 말씀을 하지만 소리를 지를 때면 아마도 30년은 더 살 것 같다.

할머니의 고성에 혼비백산한 난 친구들의 사춘기에 관한 물음에 이렇게 말한다, "난 사춘기는 갔어, 사춘기가 놀라서 오다말고 그냥 갔어," 라고...

부모님들의 눈에는 조금은 부족해 보이거나 아쉽거나 마땅치 않아 보여도 우리친구들 모두는 나름대로의 꿈들이 살아 꿈틀거린다. 경제개념이 확실하다 못해 쩨쩨할 정도의 기찬이는 아빠 사업체를 물려받아 대성한 사업가가 되겠다고 하며, 공부에 몰입하기 싫은 경필은 베이스 기타에 푹 빠져 예고, 예대를 나와 유명한 기타리스트가 되겠다며 악착같이 연습에 매달리고, 특목고

진학을 목표로 지나치다 싶을 정도의 선행학습도 마다하지 않는 듬직하지만 새색시 같은 우현이, 축구 국가대표를 꿈꾸며 비지땀을 흘리면서 동계훈련 중인 종엽이 등 여기에 나오는 친구들 모두가 나의 베프이다.

나를 아는 친구들 모두 행복했으면 좋겠다.

그럼 나는,
내 미래의 설계도는 그물망처럼 쫘~악 펼쳐져 있다. 어느 위인 또는 누구를 닮은 사람보다는 오직 나, 김도헌(金度憲)이 될 것이다.

할아버지는 이렇게 말씀하셨다,
"공교육을 신뢰하면서 특징적인 사고, 감정, 행동을 결정하는 바람직한 덕목을 내면화하며 통합시키는 특성, 인성(人性)을 배우며 세상이 원하는 '스펙' 이 아닌 '너만의 '꿈' 을 향해 달려라" 라고,

나는 친구들에게 이런 말을 한 적이 있었다. 건강한 성인이 되어 우리 모두 다시 만났을 때 서로 끌어안고 축배를 들자고.

-끝-

6부

할머니, 할아버지의 글

내 안에는,

유리병 정수에 노니는 한 마리 진주린은
양손 소지를 기대어 펼친 내 손바닥위에 있었다.

새벽녘 연잎에 맺힌 이슬 같은 영롱한 그 눈빛은
교감을 소통하듯 내 기억을 추억하고 있다.

어느 행성에서 왔을까
그 이쁨은 형용할 수 없을 만큼 가슴이 벅차올랐다.

들려주는 동화에 감성의 날개 달고 해금 선율을 타고 흐르는 애잔함과 거문고 줄이 튕기듯 강인함을 가슴으로 받아들이는 진주린의 호기심은,
항아리 둘레만큼의 영역을 넓히며 마침내 연못에서 강으로, 강에서 바다로 거침없이 헤엄쳐 나아가고 있다.

때로는 어느 누가 흠집을 낼까 배수진을 치기도 하며,
이따금 질책의 소리에 붉어지는 눈은 한 방울의 눈물을 꿀꺽 삼켜버리곤 한다.

언젠가 녀석은 내 목소리가 그리울 때가 있으련만,

힘껏 꼬리치며 깊은 심해(深海)까지 지향하는 신통한 진주린은
분명 삶의 이유가 무한 잠재되어 있음을 알게 한다.
내 안에는,

네 살 무렵 일기예보

도헌이가 네 살 무렵 시흥 옥구공원에 놀러갔을 때, 넓게 펼쳐진 운동장을 보고는 신발을 벗어 던지고 400m트랙을 내 달리던 너의 모습을 보며 함께 달리기를 하고 있던 어른들이 “그놈 참 대단 하네“ 라고 칭찬을 하자 신이 나는지 네 바퀴를 쉬지 않고 달리던 너, 네 옆에서 같이 뛰던 할아버지는 네가 염려스러워 ‘도헌아, 이제 그만 쉬자” , “약수터 가서 물마시자“ 고 하니 그제 서야 달리기를 멈췄지. 약수터 조롱박으로 물 한바가지 떠서 너도 먹고 할아버지도 마시고 장난을 치며 공원을 거닐던 중, 국기게양대에 걸린 태극기가 휘날리니 것을 본 똘망똘망한 4살배기가,

할아버지,
오늘의 날씨가
대한민국이 흔들려.

라고, 일기예보를 했지, 그 때부터 기본을 갖춘 운동을 수련케 하고, 예능에 흥미가 있는 것을 잘 육성해서 그 방면에서 뛰어난 무엇인가를 갖추게 하려 버팀목이 되고자 했던 할아버지는, 어릴 적부터 뛰어난 기억력과

집중력 남다른 이해력과 창의력, 집념이 유별났던 널 기억하며, 네가 가지고 있는 문학영재(文學英材)라는 그릇에 차곡차곡 양식을 모으듯 시, 시조, 독후감, 산문, 단편창작동화 등을 묶은 문집 『가을과 문지방』 발간을 격려하며,

자기주도적인 생활습관과 인성교육의 중요성을 인식하고, 자신을 돌아보며 내일을 계획하며 '봉사를 솔선수범하여 타의 모범' 이 되고 자기한테는 철저하고 타인에게는 관대한 성품으로 지(智) / 인(仁) / 용(勇) 의 풍모를 두루 갖춘 '미래의 리더자' 가 될 너에게 이렇게 주문한다.

도헌아,
"공교육을 신뢰하면서 특징적인 사고, 감정, 행동을 결정하는 바람직한 덕목을 내면화하며 통합하는 특성, 인성(人性)을 배우면서 세상이 원하는 '스펙' 이 아닌 '너만의 '꿈' 을 향해 달려라."

도헌의 두 번째 문집발간을 축하한다.^^^♡

글쓰기관련수상모음
(최근연도 ~ 2010. 10. 29)

초등학교

2014 통일 글짓기 대회「최우수 1위」

- 계남초등학교장

제 19회 나라사랑 글짓기 공모 초등부「은상」

- 전쟁기념관장

제 22회 우체국예금보험 어린이글짓기대회「장려상」

- 경인지방우정청장

제 1회 부천시 독서마라톤대회 풀코스 1등 완주(어린이 부문}

- 부천시장

제 18회 시민시조전통백일장 청소년부「장원」

- 부천시장

부천탄생100주년「자랑스러운 부천100인」문예부문 인증

- 부천시장

제 50회 시민 독후감 & 동시 공모「장려상」

- 부천시장

제 1회 디지털백일장「우수상」

- (사)한국문인협회부천지부장

왕따 없는 학교 만들기 '2013 사랑의 일기'「우수상」

- MBC문화방송사장

2013 대한민국 편지쓰기 대회「동상」

- 우체국물류지원단 이사장

제 19회 전국 초등학생 금연글짓기공모전「입선」

- 한국건강관리협회회장

2013 부천시민 독후감상문 공모「최우수상」

- 경기도부천교육지원청교육장

제 17회 부천시민시조전통백일장 시조청소년 부「차상」

- 부천시의회의장

제 29회 복사골 학생백일장「차상」

- (사)한국예총부천지회장

2013「최고기록 경기도민」최연소 문집발간 인증

- 경기도지사

제 20회 우체국예금보험 어린이글짓기대회「입선」

- 경인지방우정청장

2012 국가안보체험학습 / 전쟁기념관 / 안보견학후기「우수」

- 국가정보원

제 17회 수주청소년 시 백일장「장원」

- (사)한국예총부천지회장

제 28회 복사골 학생백일장「장원」

- 경기도부천교육지원청교육장

제 19회 우체국예금보험 어린이글짓기대회「입선」

- 경인지방우정청장

제 16회 수주청소년 시 백일장「장원」

- (사)한국예총부천지회장

제 1회 계남초등학교 교내백일장「장원」

- 계남초등학교장

2011년 시화 및 독후감상화 공모전「장려」

- 부천시장

제 47회 도서관주간 2011 학생독후감공모전「장려」

- 부천시장

제 27회 복사골 학생백일장「장원」

- 경기도부천교육지원청교육장

제 15회 수주청소년 시 백일장「장원」

- (사)한국문인협회부천지부장

○ **학력**

- 2009. 03. 02. 계남초등학교 1학년 입학
- 2015. 01. 00, 계남초등학교 6학년 재학

○ **저서**

- 2012. 01. 강아지 꿈_초판 1쇄, 2쇄 발행(비매품)
- 2015. 01. 가을과 문지방_초판 1쇄 발행

○ **학생회 자치활동**(전교/학년/학기/학급임원)

2014. 03. 03. 2013학년도 6학년 전교어린이 부회장

2013. 03. 04. 2013학년도 5학년 전교어린이 부회장

2014. 09. 01. 6학년 2학기 학급회장

2013. 09. 02. 5학년 2학기 학급반장

2013. 03. 11. 5학년 1학기 학급회장

2012. 09. 03. 4학년 2학기 학급반장

2012. 03. 12. 4학년 1학기 학급회장

2011. 09. 05. 3학년 2학기 학급반장

2011. 03. 07. 3학년 1학기 학급회장

2010. 08. 30. 2학년 2학기 학급반장

○**표창**(모범어린이)

2014. 05. 05. 6학년 - 부천교육지원청교육장

2013. 05. 05. 5학년 - 부천시장

2012. 05. 04. 4학년 - 학교장

2011. 05. 04. 3학년 - 학교장

2010. 12. 20. 2학년 - 학교장

김도헌 지음

가을과 문지방

발행처 · 도서출판 **책마루**

발행인 · 박영봉

편집고문 · 김가배

편집 · 김성배 | 박혜숙

등록 · 2009년 1월 2일 제389-2009-000001호

2015년 2월 10일 초판 1쇄 발행
공급처 · 가나북스(☎031-408-8811)

주소 422-240 경기도 부천시 소사구 심곡본동 539-9 (3층)
대표전화 070-8774-3777
010-2211-8361
팩스 032-652-7550

http://cafedaumnet/chaekmaru
E-mail · seepos@hanmailnet
ISBN · 978-89-97515-18-9(03800)

값 8,000원